O MEIO DO MUNDO
E OUTROS CONTOS

Capa:
Angelo Venosa

Foto da capa:
Copyright © Photodisc, Inc.

Preparação:
Carlos Alberto Inada

Revisão:
Ana Maria Alvares
Isabel Jorge Cury

Dados Internacionais de Catalogação na Publicação (CIP)
(Câmara Brasileira do Livro, SP, Brasil)

Viana, Antonio Carlos
O meio do mundo e outros contos / Antonio Carlos Viana ; seleção e apresentação Paulo Henriques Britto. — São Paulo : Companhia das Letras, 1999.

ISBN 85-7164-932-4

1. Contos brasileiros I. Britto, Paulo Henriques. II. Título.

99-3609 CDD-869.935

Índices para catálogo sistemático:
1. Contos : Século 20 : Literatura brasileira 869.935
2. Século 20 : Contos : Literatura brasileira 869.935

1999

EDITORA SCHWARCZ LTDA.
Rua Bandeira Paulista, 702, cj. 72
04532-002 — São Paulo — SP
Telefone: (011) 866-0801
Fax: (011) 866-0814
e-mail: editora@companhiadasletras.com.br

O MEIO DO MUNDO
E OUTROS CONTOS

ANTONIO CARLOS VIANA

O MEIO DO MUNDO
e outros contos

Seleção e apresentação:
PAULO HENRIQUES BRITTO

COMPANHIA DAS LETRAS

Capa:
Angelo Venosa

Foto da capa:
Copyright © Photodisc, Inc.

Preparação:
Carlos Alberto Inada

Revisão:
Ana Maria Alvares
Isabel Jorge Cury

Dados Internacionais de Catalogação na Publicação (CIP)
(Câmara Brasileira do Livro, SP, Brasil)

Viana, Antonio Carlos
O meio do mundo e outros contos / Antonio Carlos Viana ; seleção e apresentação Paulo Henriques Britto. — São Paulo : Companhia das Letras, 1999.

ISBN 85-7164-932-4

1. Contos brasileiros I. Britto, Paulo Henriques. II. Título.

99-3609 CDD-869.935

Índices para catálogo sistemático:
1. Contos : Século 20 : Literatura brasileira 869.935
2. Século 20 : Contos : Literatura brasileira 869.935

1999

EDITORA SCHWARCZ LTDA.
Rua Bandeira Paulista, 702, cj. 72
04532-002 — São Paulo — SP
Telefone: (011) 866-0801
Fax: (011) 866-0814
e-mail: editora@companhiadasletras.com.br

ÍNDICE

APRESENTAÇÃO

Há um quarto de século que Antonio Carlos Viana vem publicando regularmente seus contos, a maioria deles reunida em três volumes — *Brincar de manja* (Rio de Janeiro: Cátedra, 1974), *Em pleno castigo* (São Paulo/Aracaju: Hucitec/Secretaria de Estado de Educação e Cultura de Sergipe, 1981) e *O meio do mundo* (Garibaldi: Libra & Libra, 1993). O momento, pois, é oportuno para fazer o balanço da obra desse escritor sergipano que, embora já tenha conquistado diversos prêmios literários (entre eles, o Prêmio Esso de Literatura de 1971 e o do II Concurso Nacional de Literatura promovido pela Associação Gaúcha de Escritores e pela Prefeitura Municipal de Garibaldi, em 1992), ainda é pouco conhecido do público.

Tal como a carreira literária de Antonio Carlos Viana é pautada pela discrição, sua prosa caracteriza-se por uma austera economia de meios. Cada um de seus três livros reúne menos de vinte contos, e nenhum desses contos ultrapassa a barreira das dez páginas. Cada conto desenvolve uma única situação, lidando com um número reduzido de personagens; a ação é sempre rigidamente contida em estreitos limites de tempo e espaço. Quem lê (ou relê) de enfiada o total da produção do autor — os três livros já mencionados e uns poucos contos dispersos — não pode deixar de impressionar-se com a coerência e o rigor de um ficcionista que parece dedicar-se à tarefa de aprimorar cada vez mais uma certa voz narrativa empenhada em contar um tipo muito específico de história, e que consegue extrair dessa severa delimitação de recursos e metas uma riqueza surpreendente de resultados.

Não se quer dizer, bem entendido, que Viana tenha criado uma fórmula narrativa e se limite a reaplicá-la vez após vez, mudando apenas os nomes dos personagens. Dentro dos limites que o autor se impõe há espaço para muita diversidade. O que todas as narrativas incluídas na presente antologia têm em comum é, acima de tudo, uma unidade de tom e de temática. Em quase todas elas vamos encontrar um tom de fria neutralidade associado a uma temática emocionalmente carregada — o fio do enredo (nunca mais que um fio) de alguns desses contos poderia até, em mãos menos hábeis, redundar num dos extremos de denúncia indignada, melodrama ou, em alguns poucos casos, comicidade explícita. No entanto, a contenção retórica do texto tem o efeito paradoxal de potencializar o impacto emocional da narrativa, que quase sempre se desenrola sob o signo da crueldade; ela aproxima-se perigosamente do grotesco sem jamais perder o equilíbrio. E a secura da linguagem é impregnada de um lirismo cuja eficácia reside justamente no que tem de contido e inesperado.

Há, sem dúvida, certas características substantivas que reaparecem em vários contos, principalmente nos dois primeiros livros. Muitas das histórias neles incluídas seguem um roteiro semelhante: um menino (quase sempre o narrador em primeira pessoa) vislumbra confusamente algum aspecto perturbador da existência — o sexo, principalmente, mas às vezes a morte, ou a banalidade do real — numa pequena epifania da miséria humana. O narrador contempla com o mesmo espanto a descoberta da mesquinhez da vida real (como em "As mulheres dos três reis magos") ou a constatação de se encontrar preso numa situação de pesadelo (como ocorre principalmente nos contos em que o autor paga tributo à voga do realismo fantástico dos anos 70, dos quais o mais bem realizado é talvez "Brincar de manja"). Seja qual for a revelação com que se defronte o protagonista, quase sempre a narrativa transcorre num mundo onde não há vitórias nem nenhuma perspectiva de redenção. Mesmo a promessa da maturidade e da sexualidade, tematizada por vários contos (dos quais eu destacaria "Nas águas de Dalila" e "O dia em que Céu casou"), se dá num contexto de humilhação e aviltamento. Para os meninos que protagonizam essas narrativas, a descoberta do real é sempre um choque cujo efeito é diminuir a estatura de todos os envolvidos, inclusive — e principalmente — a sua própria. E a marca física dessa descoberta é o nojo. A náusea é a reação da consciência inocente (ou ignorante) diante da revelação brutal da realidade. Ela pode estar associada ao sexo, à velhice ou à simples corporalidade humana; num conto particularmente notável, "Os mestres", o que inspira nojo é o alimento que se é obrigado a ingerir. Mas tanto nas histórias centradas no olhar infantil como nas demais — que giram em torno não de crianças e sim, na maioria das vezes, de outros seres marginalizados e excluídos, pela miséria, pela velhice, pela feiúra, pelo fracasso — estamos tão longe da identificação dostoievskiana com os humilhados e ofendidos quanto de uma postura ideologicizante de denúncia e revolta. O tom seco da voz narradora garante o distanciamento; nega-se ao leitor qualquer indicação quanto à resposta emocional que dele se espera.

A partir do segundo livro, ao lado das narrativas na primeira pessoa do singular outras possibilidades começam a ser exploradas. Em "De elásticos e sonhos" vozes diferentes se entrecruzam, na segunda pessoa do singular, com uma profusão de vocativos, tecendo uma narrativa erótica em que se confundem corpos presentes e ausentes. Na terceira coletânea de Antonio Carlos Viana a utilização da segunda pessoa é extensa e variada: num outro conto que merece destaque, "Vá, Deralda!", por exemplo, duas vozes separadas pelo recurso do parêntese, porém irmanadas na crueldade, dirigem-se em momentos diversos à mesma personagem, cuja voz jamais ouvimos. E mesmo nos raros casos em que recorre ao narrador onisciente, como no já mencionado "Os mestres", o autor apresenta ao leitor apenas as informações estritamente necessárias para esboçar, com traços rápidos, dois retratos impressionantes de homens derrotados pela existência. Em "Nadinha" — um outro conto na terceira pessoa, ainda não publicado em livro — o extremo do patético recebe uma abordagem de contenção extrema, e o resultado é um conto magistral que cabe inteiro em pouco mais de uma página.

Em três livros magros mas substanciais, Antonio Carlos Viana revelou-se um mestre do conto e criou um mundo ficcional desconcertante e inconfundível. O objetivo da presente antologia é revelar esse mundo a um número maior de leitores que apreciam a boa literatura.

Paulo Henriques Britto

O MEIO DO MUNDO E OUTROS CONTOS

O MEIO DO MUNDO

A estrada era comprida que nem só, mais ainda que a do mulungu onde a gente ia ver o doutor uma vez por ano. Meu pai na frente, calado mais que nunca, o sol ardendo na cabeça, até que ele pôs um lenço no cocuruto calvo. Minha mãe tinha me dado um chapéu que nem dava mais na minha cabeça. E lá íamos no silêncio da areia quente esfolando os pés, minha alpercata mais comida que a correia de amolar faca. Na verdade eu nem sabia para onde estava indo. Vagas conversas na noite, meu pai pedindo as poucas economias a minha mãe, dizendo que estava faltando remédio de carrapato e que tinha de negociar uns cabritos no caminho da Vagem Grande. Quando acordei já estava tudo pronto e só faltava partir. Só sabia que a estrada era um nunca de ter fim, as casinhas rareando, criação perdida vez ou outra por entre a capoeira do mato. Na mochila a quarta de farinha e o pedaço de carne-seca. A água numa cabacinha de couro que ele mesmo fizera. Eu atrás sentia cansaço nele quando olhava para mim, como a dizer que ainda faltava muito. Até que, numa parada mais longa, me olhou não sei se com pena ou desespero, e disse "tamos perto". Pensei no caminho de volta, e vi que não ia ser fácil, ainda mais se voltasse em cima das buchas.

Logo depois paramos e ela veio amarrando um pano na

cabeça e com um sorriso de dentes quebrados. Meu pai entrou silencioso, sentou num tamborete e nem disse nada. Ela riu, os botões da blusa arrebentando. Dava para ver uma nesga da carne mais branca onde não estava sujo de carvão. Meu pai começou a conversar como se fosse seu velho conhecido e estivesse agora atualizando a vida. Ela só ria, como se estivesse entendendo e não tivesse nada para contar. E ele, como se conhecesse toda a casa, foi direto na moringa e de lá mesmo perguntou: "Quer água, Tonho?".

Eu estava de garganta estorricando, mais por querer adivinhar por que tanto caminho para dar naquela casa perdida com a carvoeira atrás. Algumas cabras foram chegando para beber água num barreirinho, um bode terrível de fedorento que montou numa delas e ficou se babando todo. Meu pai disse "fique aí que volto já" e se perdeu pelo mato ralo do fundo da casa. Era uma casa só no meio do mundo.

A mulher foi lá dentro e veio sem o pano na cabeça, desamarrando a pindoba que prendia a chusma de cabelos negros como se carregasse um anum no ombro. Pensei que fosse falar comigo, tal a decisão que a tomou de repente ao sentar ao meu lado passando a mão no meu cabelo. De repente a vi envelhecida, mão de avó que cata cafuné. Me encolhi um pouco e ela continuou assim, toda muda e quieta, enquanto eu olhava para fora, medo de chegar alguém. Um vento estranho fez bater a porta e ela se levantou e passou a tramela, ficando ainda muita claridade, que entrava pelos buracos do reboco e pelas palhas da cobertura. Deixar transparecer o medo eu não ia, lembrava agora das palavras de meu pai quando eu menino, nunca deixe o medo aparecer, Tonho, o medo lambe a alma e assassina. Era assim que ele dizia e não ia ser agora. A muda, ela só podia ser muda, que nem gemido dava, puxou um peito para fora e fez como quem ia dar de mamar. O tempo parecia se encompridar como meu corpo naquela hora, se estender para um nunca acabar de horas, e de repente parou nas cigarras cantando. E o calor amornando meu pescoço. A mulher fedia. A blusa toda aberta, um peito pulando quente em minha boca, fornido, preto de carvão aqui e ali, até no bico de um rosado triste. Levou minha mão com jeito e a dela se encaminhou para onde nenhuma outra tinha se encaminhado ainda, a não ser a minha. Escolado no saber dos pastos, nem me assustei com o molhado de suas entrepernas. Deixei que fosse até onde quisesse e quando arrebentou a saia já era outra mulher, mais ainda pintalgada de carvão, mas com força igual à da égua quando entestava de ir beber no poço. Sentada em meu colo, se ajeitou inteira e poderosa, eu magro demais para sustentar seu corpo e minhas pernas parecia que iam estalar se ela fizesse movimentos bruscos, se ajeitando toda, eu como a me perder no sumidouro do mundo. Escanchou-se que nem eu correndo desembestado em cima do cavalo de seu Zé do Adobe pelo pasto estorricado. Agora era tudo nos descaminhos e pela primeira vez adivinhei o que era uma campina verde, devia ser assim, diferente de tudo o que eu tinha visto até então. Adeus, pai, adeus, mãe, foi o que veio na minha cabeça, como se fosse uma despedida de viagem, que eu nunca que fosse ser o mesmo quando fosse pedir a bênção no outro dia à minha mãe.

Só aí me lembrei de meu pai, que a essa altura já devia estar voltando, eu nem sabendo se já era muito ou pouco tempo passado. Vai ver tinha me largado de vez, me fazendo tomar a estrada só, porque depois daquilo ninguém podia mais ser pajeado na vida. E ela me virou no chão, a esteira dura me espetando as costelas, ela por cima, eu por baixo, eu por cima, até que me sacudi todo e ela ficou na pose de são Sebastião da parede do meu quarto, um braço largado ao longo do corpo, o outro por trás da cabeça, mostrando sua chaga viva.

Me levantei como se tivesse pegado serviço novo, ela vestiu a saia, eu puxei as calças, abotoou a blusa com desleixo, eu amarrei a tira de couro na cintura. Senti que tinha ainda muita força em mim, mas era como se eu fosse pedir outro prato em casa alheia. Ela nem riso deu, eu certo de sua mudez, abriu a tramela, deixando entrar uma lufada de sol e calor de caldeira. Até as galinhas se abrigavam debaixo de um jirau onde havia umas panelas de barro em cima. Nada de sombra de pai, e eu achei a vida a coisa mais estranha do mundo, assim de repente, depois de uma caminhada sem fim, eu ali outro mas o mesmo, bebendo água numa caneca de alumínio onde se lia *Amizade*. Nem sabia direito como dizer até logo e ainda mais para uma muda. Ela agora estava no fundo da casa, jogando areia sobre umas toras fumegantes de pau e o rosto preto olhando para mim como se eu fosse ninguém. Não sei por que tive naquela hora certeza de que ia voltar só. Fui apanhar minha mochila em cima do tamborete e vi um bolinho de dinheiro, como se esquecido por alguém.

(1993)

O DIA EM QUE CÉU CASOU

Nunca entendi direito aquela insistência de meu pai para minha irmã passar a noite de sua lua-de-mel em nossa casa. Ainda me lembro, "que nada, doutor Videlson, que nada, gastar dinheiro num tempo desse com hotel, tendo um quarto vazio, o de Céu mesmo", ele tentando convencer o noivo.

Nossa casa era tão pequena, tudo tão apertado, e eu, que estava contando não dormir no mesmo quarto de Lita, perdi todas as esperanças. Ia ser a primeira vez que eu ia dormir numa cama sozinho. Era chato dormir com Lita. Ela roncava, aquela boca murcha soltando seu bafo sobre mim a noite inteira. Mas Lita nunca se incomodou com a minha presença. Trocava de roupa na minha frente, e eu vendo as pelancas dos peitos dela quase batendo no umbigo, e, se eu estava olhando, ela dizia "ah", pondo a língua de fora. Eu já estava numa idade em que essas coisas já não tinham o mesmo sentido de antigamente, mesmo sendo as pelancas dos peitos de Lita.

Minha mãe atarefada com as compras do material do bolo não dava muita atenção às insistências de meu pai. Às vezes, ela fazendo as contas de costas pro candeeiro, dizia, "pois é, doutor Videlson", um "pois é" que não tinha sentido algum, fosse de sim ou de não. Doutor Videlson parecia estar querendo mesmo economizar, dizia três diárias são tanto, almoço mais tanto, e Céu calada, como sempre. Aquele casamento parecia mais vontade de papai que dela. Foi ele que fez tudo pro doutor Videlson ir conhecer o terreno, dizer que tipo de plantação dava naquele barro seco, que no inverno virava um massapê danado.

Quando a família soube que Céu ia casar com um agrônomo da capital, com idade de ser pai dela, foi o maior alvoroço do mundo. Vó Melina disse logo: "Perdemos nossa santinha". Céu tinha mesmo cara de santa que fica iluminada no altar-mor. Tia Maura falou que casar uma menina naquela idade era um crime. Os órgãos ainda em formação. Tia Maura era a mais sabida da família. Vinha nos visitar de tempos em tempos, morando no fim do mundo, onde tinha uma escolinha. Ela falou isso na frente de todos nós. Meu pai ficou mais vermelho do que já era. Minha mãe ficou de cabeça baixa. Só vó Melina repreendeu a filha, e eu fiquei achando que *órgãos* era a palavra mais feia do mundo.

Mas o casamento saiu assim mesmo. Meu pai estava cheio de dívidas, quase já perdendo o terreno. Ficou marcado para junho. "Tanta chuva, meu Deus", lamentou a minha mãe, mas meu pai disse que isso não era problema, mesmo que a lama tomasse a estrada toda. Ele juntava os garimpeiros da linha de ferro e podia passar até carro de passeio, quanto mais o jipe do doutor Videlson. Céu sempre calada, eu vendo que ela não estava com nem um pingo de vontade de casar. De noite o noivo chegava e ficava a maior parte do tempo sentado com papai, conversando sobre plantio ou então jogando cartas comigo. Céu sempre ao lado, rindo aquele riso tão puro de santa mesmo. Cosia o enxoval, dando ponto e pesponto, pedindo de vez em quando a opinião de minha mãe sobre o andamento dos bordados. Quando davam nove horas, ele dizia "tô estropiado, seu Luca", e ia pra porta, a mão no ombro de Céu. Ficavam um tempão calados, a gente só ouvindo o ressonar de

Lita ou o grito do sapo no quartinho. Depois ele gritava "boa noite, gente". O jipe dava o arranco, Céu voltava pra dentro, calada como sempre, meio desconfiada, e ia pro quarto. Eu a ouvia assoar o nariz mais vezes que antigamente, sobretudo depois do passeio que fez com o noivo à capital, pra aviar os papéis. Lita, cada dia mais idiota, dormia encolhida no outro lado da cama, do lado da parede. Era uma alma penada, meio muda, só dizendo palavras soltas e poucas.

As últimas noites antes do dia tão esperado, papai não dormia. Cochilava um pouco na sala, sempre fazendo contas, e dizia "isso o doutor Videlson ganha num mês". Quando o primeiro galo cantava, ele já estava de pé e pouco estava se preocupando com as plantações. Fazia uma lista de convidados de cabeça e em voz alta, tudo gente do banco onde ele devia até as unhas do mindinho, como dizia. Mamãe brincava, dizendo que ele ia ficar doido, que gente rica não vai em festa de pobre e que daquele jeito ele ia terminar virando lobisomem antes do casamento. Ele ria de um jeito engraçado, a cabeça balançando, quase se soltando do corpo.

O vestido de Céu só ficou pronto dois dias antes, por causa de um arremate no decote, e o véu era tão comprido, tão comprido, uma tripa fina que se arrastaria por todo o corredor da igrejinha. Mamãe dizia que na noiva o mais importante era a grinalda e que a maior vergonha que a família passou foi quando a de tia Maura caiu bem na hora das alianças. "Deus me livre de outra", dizia ela, olhando firme pra cara de Céu. E Céu tão santa, tão inocente, sempre assoando o nariz de noite.

Nas conversas de mesa, papai dizia que melhor casamento não podia ter. Um homem como doutor Videlson não era pro bico de qualquer uma. Tinha que ter merecimento. E olhava pra Céu todo orgulhoso. "Uma sorte ele ter aparecido por aqui." Mamãe dizia sempre o seu "pois é", sem nenhum sentido.

Faltando dois dias, a casa ficou mais apertada ainda. Tia Maura trouxe meus primos, dormimos todos no mesmo quarto, um calor danado. Lita foi dormir na sala, numa cadeira de balanço. Vó Melina só veio no dia mesmo, contra que sempre foi aquela idéia maluca de casarem a neta tão cedo com um homem tão mais velho, cheio de manias de solteirão.

Apesar de tanto aperto, a casa ficou mais animada. Meu primo Zito, dois anos mais velho que eu, dizia umas coisas que eu não conseguia pensar que fossem de verdade, que tudo aquilo ia acontecer com Céu, encabulada como era. Mas ele dizia que sim, que casamento era aquilo, que tinha mesmo de enfiar senão o noivo não era homem, mas a mulher gostava. E tinha homem que obrigava até a botar na boca. Comecei a ficar deveras preocupado, achando que Céu era capaz de morrer de dor e desgosto.

O quarto dela levou uma tinta bem rala e botaram lá uma cama de casal. Papai disse que a cama era emprestada, e, assim que eles fossem embora, ele devolvia. "Só espero que não quebrem", disse ele às gargalhadas, batendo no ombro do noivo todo sem graça. Achei meu pai meio doido de dizer aquilo na frente da filha.

O dia chegou e foi um matar de pato sem fim. Um bate-bate de sangue e vinagre, um cheiro fedido demais, e meu pai desde cedo preparando as bebidas. O arruado todo ajudou e foi mesmo a maior festa que já se viu em Jabutiana. Sempre vai se falar do casamento de Céu com um pouco de saudade e de tristeza por termos perdido nossa freirinha. Céu se mantinha calada, uma pena que eu tinha dela, sem poder avisar do perigo que ela estava correndo.

A manhã inteira ela passou trancada no quarto, lendo um livro que tia Maura tinha trazido de presente. Meio-dia mal tocou no peito do pato melado de graxa e disse que estava com o estômago embrulhado. O noivo só devia aparecer agora na igreja pra não dar azar. A animação de tia Maura me tirou um pouco das preocupações porque o que ela dizia ou deixava transparecer era verdade. Mamãe a tudo respondia com seu "pois é", que raiva que me dava! Papai, já meio tungado, dizia "quem casa uma filha ganha um filho", e gargalhava. Os convidados começaram a chegar cedo, alguns para pegar as sobras do almoço. Mamãe, "pois é, ainda sobrou um pouco", e enchia o prato com arroz e farofa.

O casamento estava marcado para as três e a estrada estava uma lama só. O padre, fino do jeito que era, ia mandar um substituto. Dito e feito. Foi o maior desgosto. O substituto não soube fazer nenhum discurso, tudo muito rápido, e só fez dizer "corações e almas unidos para sempre", pra encerrar a cerimônia. Céu estava pálida, apesar do pó que tia Maura tinha trazido pra passar no rosto dela. Alguém apareceu e fez uma extravagância, jogando arroz em cima dos noivos, que uns pintos surgidos de repente devoraram num minuto. A volta foi difícil, porque o jipe do doutor Videlson não era tão forte assim e quebrou uma peça. Céu teve que tirar o véu que, pra sossego de minha mãe, não caíra. Voltou com o véu, grinalda e buquê dentro de uma bolsa de plástico que mamãe tinha levado com os sapatos dentro. Ainda bem que já estávamos perto de casa.

O resto da tarde foi mais triste, mesmo com o entra-e-sai das crianças com as mãos cheias de doces que tia Maura tinha feito. Os adultos comiam baba-de-moça ou doce de leite de bola que minha mãe sabia fazer. Doutor Videlson, papai e os outros homens se divertiam lá no quintal, bebendo rabo-de-galo ou cerveja. Até disseram "ô, seu Luca, o senhor tá se adiantando, rabo-de-galo é pra quando nascer o neto". Outras gargalhadas. E contavam agora anedotas baixinho, como pras crianças não ouvirem. Meu primo olhava pra mim como a dizer "não falei?".

Antes de escurecer, tia Maura, vó Melina e meus primos foram embora. Dali até a estrada principal era longe e uma lama só. Pouco a pouco fomos ficando só as pessoas da casa, agora com mais um. Doutor Videlson todo despachado foi tirando o paletó, os sapatos, e se foi de meia pro quarto, pisando nos calcanhares. Céu ficou na sala, sentada, conversando com mamãe, que estava com o livro aberto, e eu vi de relance uns desenhos confusos como os de um ouvido por dentro que tinha no meu livro de ciências. Vi bem que elas não queriam que papai visse aquilo. Mamãe perguntou o que significava "corpos cavernosos" e Céu corou todinha. Mamãe falou "eu botava no fogo", e que se papai soubesse ia ficar inimigo de tia Maura para sempre. Saí um pouco, a chuva voltando fininha, o cheiro de cachimbo do doutor Videlson vindo do quarto, como se ele estivesse pensando. Ajudei papai a botar pra dentro as cadeiras emprestadas pela vizinhança.

Sete horas mamãe fez um café e um cuscuz pequeno que a gente comeu com molho de pato por cima. Doutor Videlson respondeu lá de longe, do quarto mesmo, que não queria. Céu estava ainda com o vestido de noiva mas sem o sapato alto. Lita comia quieta, a boca murcha no cuscuz bem molhado pra não engasgar. Papai foi pro quintal, chamou o doutor Videlson pra tirar uma prosa. Céu disse que estava exausta e foi se deitar. Achei interessante ela não levar nada pra iluminar o quarto, nem a placa bonita que tinha ganho de presente. Mamãe parecia agitada, lavava os pratos com força, reclamando de como gordura gruda, enquanto Lita já se ia de volta pro nosso quartinho, onde vivia socada. Uma meia hora depois os dois voltaram. Doutor Videlson parecia preocupado e papai a querer demonstrar a fanfarronice de sempre. Tudo parecia combinado de antemão, todos se locomovendo para os lugares marcados. Céu já no quarto escuro, depois o marido batendo a porta, como se a gente tivesse vivido sempre assim. Eu fui deitar. Afastei Lita um pouco e custei muito a pegar no sono. Papai ficou ainda botando uns pregos num caixote que tinha servido de cadeira e mamãe, como sempre, na cozinha. Depois foi um silêncio tão grande, meu pai e minha mãe na sala tão calados, e eu todo apreensivo, cheio de medos. Do quarto de Céu nenhum ruído e eu torcendo que fosse tudo mentira de meu primo. Adormeci sem saber como e quando acordei tomei o maior susto. Eu estava colado no corpo de Lita, me balançando todo. Achei que estava doente e fiquei suando frio quando senti meu descontrole sobre aquelas pequenas flechas de fogo escapando de dentro de mim, molhando meu calção, e que não eram mijo. Lita se remexeu um pouco, fedendo a restos de comida. Engrolou umas poucas palavras e se deitou de costas. Do quarto de Céu, nenhum barulho, nem mesmo de assoar nariz. Apenas o sapo coaxava no quartinho, enquanto eu permanecia ali quieto, sem saber o que fazer, cada vez mais assustado com as coisas do mundo.

(1994)

NADINHA

Nasceu assim e assim cresceu: um nadinha. Já tinha três anos, mas parecia ter um. A avó a embalava cantando "boi da cara preta", que para ela não tinha cara nenhuma, e nem sabia o que era boi. Com quatro anos deu os primeiros passos, e já a chamavam de Nadinha. Mas seu nome mesmo era Maria Auxiliadora. Foi perto dos cinco anos que deu uma dor no pé. Chorou a noite toda. Deram a ela tudo o que foi chá. Até de bosta de galinha deram. Não adiantou. Arrumaram uma rezadeira. "Com dois te botaram, com três eu te tiro", a mulher rezou em vão. Arranjaram ficha pro médico e ele disse que só operando. Dali a três meses operou, mas não adiantou de nada. Ninguém sabe como nem por quê, Nadinha nunca mais andou. Era só pôr o pé no chão e chorar. Queria colo da vovó a manhosa. Mais dois meses e a perna foi secando. Ficou uma maniva de macaxeira, zombavam os irmãos. Mas Nadinha continuava cada dia mais alheada do mundo, não sabia o que era maniva, muito menos macaxeira. Mais uns tempos e a outra perna foi afinando. Os pés viraram um nervo só, retorcidos que nem rabinho de porco. A mãe chorava, a vovó também, que só sabia cantar "boi da cara preta". Nadinha, de cabeça desmongolada, olhava pra cara da avó sem ver o mundo. Bebia tudo por um canudinho de mamona enquanto os irmãos corriam com as pernas boas só pra fazer inveja. Mas Nadinha não sabia o que era inveja.

(1997)

MEU TIO TÃO SÓ

Minha mãe estava fazendo a minha comida e do tio Bau quando vieram dizer que ele tinha se enforcado na beira do rio. A princípio não acreditamos. Ali gostavam muito de brincar com a gente, e aquilo só podia ser mais uma brincadeira. O povo gostava de ver minha mãe sair correndo toda se rebolando pela areia quente. Mas a cara do menino era mesmo de quem estava assustado.

Quando vimos as pessoas correndo, largamos a comida e saímos às pressas, minha mãe sem calçar nem a sandália. Eu fui atrás. Já não podia correr muito. Quando chegamos lá, tinha um mundo de gente olhando tio Bau com a língua de fora, os pés suspensos no ar. Nunca pensei que galho de cajueiro fosse tão forte a ponto de agüentar um corpão como o do meu tio. Se ele tivesse pensado bem, não teria se arriscado tanto.

Minha mãe mal pôde conter o grito quando viu o irmão ali dependurado e caiu no chão desmaiada. Tio Bau não tinha um pé de pessoa a quem recorrer em suas horas de crise. Só eu ia até a casa dele levar uns agrados que minha mãe fazia. Um dia era buchada com fava, noutro um bom sarapatel. Quando ele destampava a lata, subia um cheiro de enlouquecer. Ele me agradecia com os olhos sempre molhados, a mão macia em minha cabeça. O rosto cada dia mais macilento de nunca pegar sol. Tinha uma cara de quem nunca fez mal a ninguém. Mas a língua do povo ninguém segura e todo mundo falava que tio Bau tinha mania de chamar menino pra dentro de casa e depois dava a eles as melhores goiabas.

Minha mãe demorou muito pra voltar ao normal. Quando voltou estava meio areada, e perguntou não por meu tio mas por mim. "Nando, cadê meu Nando?" Todo mundo achou que ela estava tresvariando. Deram a ela água com açúcar e, aos poucos, foi se recobrando, perguntando por que tanta gente em volta dela sob sol tão forte. Quando uma vizinha falou que era por causa do enforcado, ela desandou em tremedeira, como se fosse perder o juízo. Toda se sacudindo no seu corpo redondo, começou a xingar Deus e o mundo, que todos ali tinham culpa em cartório, que não tinha um só que não tivesse um dia atirado uma pedra em tio Bau. E foi ficando vermelha, gritando "seus assassinos", "seus covardes", porque tio Bau não podia sair à rua sem ver um cortejo de meninos atrás dizendo um monte de safadeza.

Quem arriou o corpo dele foi um grupo de homens. Um subiu no cajueiro, os outros dizendo "cuidado pra não quebrar a cara", "vai ser a primeira vez que ele vai cair por cima", como se o morto fosse um cachorro sem dono. Minha mãe felizmente não ouviu nada, arrastada que foi pra debaixo de uma árvore. Cinco ficaram aguardando para amortecer a queda, porque segurar o corpo de tio Bau ninguém ia conseguir mesmo. Quando o do alto cortou a corda, foi um baque só. Foi como se tio Bau caísse dentro de mim. Houve um começo de riso e as pessoas foram se afastando até só restar eu e minha mãe. Já mais calma, foi chamar uma carroça e nem fomos pra casa dele naquele fim de estrada. Levamos o corpo pra nossa.

O resto da tarde foi uma festa só. Veio um monte de mulher pra costurar a mortalha feita de pano ruim, que de tão ralo dava pra ver o outro lado. Na ausência de minha mãe, elas ficavam só falando porcaria, contando histórias de tio Bau, e olhavam pra mim com cara de gente ruim. Era verdade. Tio Bau não tinha nem um fio de cabelo nem no peito nem no rosto. Só alguns na cabeça. As mulheres raspavam o olho por certa parte do corpo dele, cochichavam entre si e depois engoliam a risada, sempre olhando pra mim. Por isso mesmo que nunca tive coragem de entrar nu nas águas do rio com os outros meninos. Além da tristeza, um calafrio.

No outro dia de manhã, o defunto já estava todo vestido e até vaselina tinham passado nos poucos fios da cabeça dele. Correu a história que ele tinha uma piroquinha de criança que não metia medo nem em moça donzela. Cada palavra que diziam de tio Bau era uma flechada em minha barriga.

O enterro foi muito animado, o povo falando coisas cabeludas, agora sem mais nenhuma cerimônia. Tiravam graça com tudo o que era menino, perguntando qual deles era o verdadeiro viúvo. Mas, até chegar no cemitério, o cortejo foi minguando e na hora mesmo de cobrir o caixão só tinha eu, minha mãe e o coveiro. Depois da última pá, voltamos para casa com uma tristeza de dar nó. Quando a gente passava, os meninos gritavam coisas e se escondiam na mesma hora. Eu queria correr mas o corpo já não deixava.

Quando fomos de tardinha botar uma cruz no pé de cajueiro, a gritalhada das janelas ainda foi maior. Minha mãe disse que eu não ligasse. O povo sempre quer alguém para servir de Cristo. Enquanto ela rezava, fiquei admirando a galha em que tio Bau tinha se enforcado. Até que ele soube escolher. Era mesmo uma galha muito forte, capaz de agüentar um outro corpo que não fosse ainda tão pesado como o dele.

(1998)

JARDINS SUSPENSOS

Dava pena vê-lo a tarde inteira sentado no banquinho de plástico ao lado do tanque, no quintal. Minha mãe vinha e dizia "vai; vai lavar essa xoxotinha". Ele se levantava inteiramente outro, na sua bata estampada, com a voz ranhenta e pastosa. Eu ficava intrigado com minha mãe falando aquilo e ele, em vez de ficar triste, ficava era alegre. Só assim ele saía daquele torpor em que mergulhava logo depois de arrumar a cozinha. E em mim vinha uma curiosidade intensa que crescia a cada tarde, tentando descobrir que tipo de roupa ele usava por baixo porque nunca tinha visto nada parecido com cueca na corda de estender. Ou não usava nada ou fazia de sua roupa de baixo o maior segredo. O que ele tinha mesmo era uma porção de batas coloridas que fazia à mão, com muita paciência.

Eu ouvia então o chuveiro despencando forte sobre seus cabelos mais escorridos que de índio a lhe descerem pelos ombros. E o corpo já devia estar coberto de espuma, um corpo liso talvez, como seus braços. Me vinha uma vontade doida de olhar pela janelinha, ver como ele era, que mistério havia sob aquele rosto triste e sem idade, que vivia a maior parte do tempo olhando para nada. Mas a janelinha era alta e, se minha mãe me pega, eu estava frito. Em que estaria ele pensando todas as tardes para só ser despertado por minha mãe dizendo aquela graça mais idiota? A nossa casa ficava numa vila de casinhas iguais, com o mesmo desconforto e sujeira. Eram casas escuras, tudo com o mesmo cheiro de ovo frito ou de carne moída sem tempero, parecendo grudado para sempre nas paredes. Raro o dia em que não estouravam brigas. Mas a gente vivia bela e solitariamente.

Não sei que moral tinha minha mãe para despistar todo mundo de nossa vida, fazer com que ninguém se interessasse por nada que nos acontecia. Ela dizia que era também para eu não falar nada na escola e, quando me perguntassem quantos éramos, eu dizer só dois. Fazia de conta que ela alugava o quartinho dos fundos para ter mais uma renda. A vila tinha de bonito só o nome, de civilização antiga e opulenta, como dizia a professora nas aulas de história. Nabucodonosor era o meu rei. E eu vivia sozinho naquela casinha de nada, com aquele hóspede cuja origem minha mãe mantinha em segredo e que só fazia espicaçar a minha imaginação. Ela dizia "se perguntarem alguma coisa a você, diga que é nosso inquilino", como se naquele espaço mirrado pudéssemos nos dar esse luxo. Ela fazia tudo para eu não ir brincar no rego com os outros meninos para não pegar doença. Eu fazia meus deveres, tempo de terra seca, soltava arraia. E ele sempre me olhando, o tempo passando e minhas inquietações crescendo.

Uma vez por mês, em cada primeira sexta-feira, vinha um homem de branco e que não era doutor. Nessas noites eu tinha que dormir mais cedo e acordava de madrugada com muito cheiro de vela e a casa já em silêncio. No outro dia bem cedo, minha mãe saía com uma sacola na mão, onde eu via dois pombos alvíssimos sem as cabeças. Uma galinha também degolada, pretíssima, seria o nosso almoço. Era a única ocasião em que o via um pouco diferente, se bem que mais silencioso ainda. Mudava só as feições, como de quem conheceu o Paraíso. O seu contato com o mundo era só esse e, a cada dia, eu tentava me aproximar dele sem saber como. Ele só saía mesmo de casa quando lhe doíam os dentes e voltava com o lenço na boca, onde se viam largas manchas vermelhas. Suas gengivas iam ficando cada dia mais limpas e eu acho que ele ansiava pelo dia em que já não tivesse mais nenhum dente na boca. Já arrancara quase todos e devia certamente ser o primeiro da fila, pois saía com tudo ainda muito escuro e voltava esbaforido, me pegando ainda tomando o café para ir à escola.

Uma vez tentei me comunicar com ele, como fazia minha mãe. Aí eu disse "vá, vá lavar a xoxotinha". Mas ele me lançou um olhar tão triste, tão amargo, que me fez apanhar a toalha e ir tomar um banho fora de hora. O que mais me chamava a atenção nele eram os dedos finos e ágeis trabalhando tapetes de estopa que minha mãe ia vender longe, na cidade. O dinheiro dividia com ele. Não sei de que ele precisava. Seu quartinho era nu, com uma esteira e um caixote que ele arrumava, pondo em cima seus pentes de dentes finos e um pote de creme para as mãos. Passava a manhã inteira fazendo esse trabalho e de tarde caía em suas cismas. Eu olhava para ele meio de banda, querendo descobrir algum segredo e via uns poucos fios de barba continuando a costeleta longa, que ele raspava com uma gilete meio embrulhada no papel da embalagem. Se a gente o pegava fazendo isso, disfarçava, como que envergonhado, escondendo a gilete na mão, o ruído do papel de seda.

Na escola, eu queria perguntar a alguém sobre os segredos do mundo, mas não me atrevia. Podiam rir ou pensar coisas de mim. Uma manhã me mostraram uma revistinha que me fez ficar com febre. Minha curiosidade aumentou. E eu o olhava agora com mais freqüência, tantas vezes sem poder desviar os olhos de seu corpo tão encoberto. Perguntei a minha mãe por que ela dizia sempre aquela graça com ele, e ela, "você sabe que eu gosto de brincar", e pareceu ficar triste.

Apesar das recomendações, eu não me continha mais dentro de casa, o mundo parecendo apertado para mim. E ele ficava agora todo inteiriçado quando me via. Até que numa tarde, sem mais nem menos, a voz ranhenta e pastosa, ao me ver, disse de repente, me tomando de surpresa: "Quer ver dentro de mim?". E levantou a bata. Não usava nada mesmo por baixo. Com um riso estranho nos olhos, sentado no banquinho de plástico azul, abriu bem as pernas e de dentro delas brotou uma rosa sangrenta capaz de mudar o rumo de qualquer abelha.

(1993)

DOMINGOS DA PAIXÃO

Treze anos não é muito e tia Prazeres sabia muito bem o que estava fazendo. De outra forma, ela não teria vendido todos os bichos só porque seu Biluca disse que não vinha mais. Todo ano, no domingo de Páscoa, era sempre a mesma coisa. Seu Biluca se atrasava um pouquinho e tia Prazeres ficava toda nervosa, só faltando morrer de desespero. Ele aparecia então lá na ponta da estrada, a cara dela mudava, ia prender o cabelo, botar um pouco de pó no rosto e se encher de água-de-colônia. Minha febre logo aumentava, nada de melhorar por mais que ela me benzesse, por mais que a rezadeira me passasse o ramo de tipi no corpo. E tia Prazeres nos seus rituais, o avental branco que ela engomava de véspera, em cima da cama, só esperando a hora de ser usado.

O domingo já nos pegava bem acordados, eu mais pelo calorão subindo pelo corpo, ela pelo nervosismo de seu Biluca de repente adoecer, ou esquecer o trato, não vir fazer aquele serviço que me deixava tão nervoso. "Você ainda nem era nascido", ela me dizia, tomando a temperatura, a mão aberta em minha testa. Depois ia beber o café puro na tigela enorme, porque cuscuz podia dar um bolo no estômago, o serviço era pesado, e "se seu Biluca não me aparece, não sei o que vai ser de minha vida". Entrava e saía, olhando sempre a estrada, botando a mão mais uma vez em minha testa, "febre mais maldita", a voz cheia de raiva como se eu fosse culpado.

A Quaresma era um tempo de chuva forte e minhas febres começavam sem mais nem menos, ela à espera daquele domingo e eu querendo que tudo passasse logo, o coração agoniado sem eu saber por quê. Sempre tive muito medo dela e dele juntos, longe de mim o dia inteiro. Eu pedia a ela para me deixar ir ver, mas ela não deixava, achando que tudo aquilo podia impressionar criança. Eu lutava para dizer que estava melhor, mas meus olhos deviam negar tudo. Tia Prazeres dizia "saia pro vento não, é um perigo febre recolhida". Ela se ia com o avental alvíssimo, um pano também branco na cabeça, na direção do chiqueiro das cabras, o caminhar tão bonito. Na mão, o vaso com cinza de palha benta do ano passado. Era sempre um dia abafado, de folhas úmidas enterradas na lama grossa debaixo das mangueiras. Um cheiro forte de terra e sangue parecia tomar conta do mundo.

Os dois só voltavam pelo meio-dia. Ela com o avental já nem tão branco, respingado aqui e ali de vermelho, sem o pano na cabeça, alguns fios de capim seco e um ou outro carrapicho nos cabelos soltos, o cocó desfeito. Ele, com as unhas empretecidas de coágulos e terra, o ar cansado, bem ao contrário dela, toda corada e feliz. Era sempre molho pardo o almoço do dia, que ela preparava de véspera, o vinagre ferindo o meu nariz já ardido de tanta febre, que mais aumentava ao ver os dois vindo alegres em minha direção. Depois os cachorros começavam a chegar desconfiados, de rabo murcho, um filete de sangue escorrendo entre as pernas. Tia Prazeres sorria. Falava com voz rascante de vitória: "Sai, demônio, agora quero ver você andar de putaria com as cachorras!". Eu me admirava porque na frente do seu Biluca ela falava de um jeito diferente, um brilho outro nos olhos, e ficava comentando: "Viu, Biluca, como os ovos de Tubarão já estavam graúdos? Ô coisa que cresce depressa!". Ele ficava meio sem graça, me olhando de banda, e lá se vinha com a mesma brincadeira de todos os anos, "quando é que vamos fazer um servicinho aí?", me agarrando entre as pernas. Eu me encolhia todo, tia rindo um riso maluco, a boca cheia de molho e farinha.

O resto do dia, tarde cheia de mormaço, eu caindo na sonolência, os dois numa prosa miúda antes de voltarem para o serviço. Eu ouvia o guincho dos porcos e o desespero dos gatos. Os capões ela mesma fazia, em qualquer época do ano. Eu acordava só de noitinha, ela já de banho tomado e cantando música de carnaval depois de tantas semanas de reza, jejum e peixe. Seu Biluca já tinha partido, "agora só no próximo ano", de repente amarga, como sempre. Minha febre começava a baixar. Tia Prazeres se aborrecia. Que era um desgosto só, parecia de propósito, que eu ficava doente só para empanar suas únicas horas de alegria. Ficava depois relembrando a cada pessoa que nos visitava a faca amolada de seu Biluca. "Um golpe só, e a gente só vê os quibas voarem longe!", dizia com uma força bruta na voz.

Mas, naquele dia, nos meus doze anos, quando acordei da minha sonolência, notei nela uma tristeza diferente, toda mole de estar chorando. Me pediu para ir acender um candeeiro, que por ela ficava tudo no escuro. Pela primeira vez falou comigo como se eu fosse crescido. Seu Biluca a abandonara para sempre, dissera que não vinha mais mesmo, e que por isso ia se desfazer de todos os bichos. Seu Biluca, eu me lembro, já havia dito por indiretas no almoço, "ele já pode ajudar, já está bem grandinho". Fiquei frio, esquecido da febre por alguns instantes. Tia Prazeres, na cozinha, como se estivesse com raiva, só fez dizer "nasci só, morro só".

Depois daquele dia, ela mudou completamente. Não queria mais ver bicho por perto, dava chute nos cachorros, foi perdendo o gosto por tudo, até pelas guinés que mostrava com tanto gosto às visitas. Os pintos, quando iam se encorpando, caindo as penugens, ela separava e dizia depois que o cachorro estava comendo tudo. Depois o cachorro também sumia. "Basta um galo no terreiro e assim mesmo porque galinha não bota ovo sozinha", dizia. E foi ficando mais fechadona, ficando mais nervosa à medida que a Quaresma do outro ano se aproximava. Chorava de madrugada, levantando-se abatida, nada a ver com aquela mulher forte e decidida, de braços roliços.

Minhas febres voltaram com as chuvas pontuais, o cheiro de peixe e as moscas invadindo a sala, e o mundo escurecendo mais cedo. A sua mão voltou a pousar em minha testa, me dava chá de capim-santo, só que já não se aborrecia como antes. No sábado de Aleluia, o avental lavado e engomado pelo velho hábito era como uma esperança de seu Biluca ter voltado atrás. Também não sei para quê, já não tinha mais bicho nenhum para eles fazerem o serviço. Ela me olhava de modo triste, eu querendo ficar bom para dar ânimo a ela, dizer que no outro ano, se ela voltasse a criar seus animais, eu já podia ajudar. Mas minha febre aumentava, o cheiro de sangue e vinagre ardia em meu nariz, como se na panela da cozinha estivesse fumegando o sangue de todos os bichos do mundo. O almoço preparado de véspera ela não ia largar tão cedo.

O mesmo sono dolorido, espesso e quente, cheio de imagens que eu não compreendia, me trazia agora tia Prazeres cantando nos meus sonhos confusos. Eu ia e voltava, ia e voltava, o olho queimando, devia estar vermelho, ela ali ao meu lado, longe de mim. Eu caía na sonolência e a levava para os anos passados, ela toda forte e bonitona, as mãos cheias de sangue, rindo dos animais mutilados. Eu penetrava num espaço morno e quente, o seu colo cheio de dedos que podiam de repente se transformar em facas, tocando-me delicada, lentamente, e eu sem querer voltar àquele mundo de copos de água fria que não acalmavam a minha sede. Mas aquelas mãos, um forte cheiro de sangue e terra escorria pela boca da minha calça curta nos meus treze anos, e alguma coisa podia se romper a qualquer momento e eu sem saber o que podia sair de dentro.

De repente, eu sobressaltado, ouvindo a chuva a bater nas telhas, sentindo que alguma coisa me acontecera, o corpo amolecido, uma umidade em minhas coxas magras. De olhos bem abertos, o corpo desperto e subitamente refrescado, ouvi seus passos vindo da cozinha. Me trazia mais uma xícara de garapa, enquanto eu ali, sem nenhuma coragem ainda de pôr a mão dentro das calças ou me levantar e ir até o quartinho ver que coisa pegajosa era aquela. Ela, então, foi sentando ao meu lado, puxando-me as cobertas, me fazendo encolher de medo, como se fosse me tocar por dentro, descobrir algum segredo. Só fez dizer que minha febre tinha abaixado, graças a Deus, e que, me olhando no sono, tinha visto como eu estava crescido. "O tempo passa e a gente nem se dá conta", a voz de repente doce e diferente como nas noites dos tempos de seu Biluca. Enquanto fazia a garapa, tinha pensado muito e tomado uma decisão: no outro dia era melhor eu ir embora, morar com os meus pais, que já era tempo.

(1993)

HERANÇA

Era sempre às seis da tarde que levávamos nossa mãe para o banho no rio. Nós até gostávamos de sair assim à noitinha, evitando mostrar aos outros nossos peitos moles. E lá se ia ela toda pesadona, grandona, mais arrastando os pés que andando segura por nossas mãos. Dentro do rio ficava a pedra onde a deixávamos sentada com água até a cintura. Tinha de ficar se borrifando toda, a mão cheia de água pelo pescoço e pelos peitos. Ela ria seu riso gordo, não pedia nada, não exigia nada. Enquanto isso, nós nadávamos, conseguíamos um pouco de liberdade que ela, sem falar, sem dizer nada, não nos dava de jeito nenhum. Eu e meu irmão nadávamos contentes enquanto a víamos se molhando, de saia arregaçada na cintura, as coxas enormes derramando banhas nas águas vermelhas do rio Niquim.

Meu pai chegava pelas nove da noite e já nos encontrava de café tomado. O banho dela ia até às seis e meia mais ou menos, tudo escurecido já. E nós voltávamos devagarinho, uma pena medonha de nossa mãe naquele corpo tão grande, já sem poder fazer quase nada. Quem cuidava dela era tia Dilha, uma irmã de meu pai, ligeira que nem uma carrapeta. Não gostava de nossa mãe. Por qualquer coisa a chamava de porca baé, figura de reisado e não sabia como o irmão dela ainda morava com ela. A gente ficava triste com aquilo. Acho que ela falava só porque sabia que a outra não tinha coragem nem de abrir a boca. Meu pai ficava sempre do lado da irmã. Mamãe era muito conformada. Nunca quis se tratar daquela gordura que lhe dava uns abafos no coração e, por isso, precisava se molhar toda tardinha porque senão podia ter um ataque.

Meu irmão e eu ficávamos sempre apreensivos com a chegada do verão. O povoado se enchia de gente de fora e aí ficávamos com uma vergonha danada. Por isso deixávamos escurecer para poder sair com ela se arrastando pela estradinha de barro batido. Mas ela logo se cansava e não tardavam as risadas junto com a hora da ave-maria. Ela mesma dava uns bufos que eu acho que eram mais para chamar a atenção que de cansaço. Todo mundo parecia se pôr de sobreaviso, se colocando às portas à sua passagem. Eu só faltava sumir debaixo daquele mundo de carnes. Ela quase não falava. "Menino", só dizia "menino, cadê você, me dê a mão". E lá a gente se perdia no escuro do caminho em direção ao rio, às águas pretas naquela hora. Era um rio um pouco largo, com uma ponte de madeira por cima. Ela já tinha o lugar certo. Lá debaixo, em cima da pedra de amolar.

Numa noite, a maré estava enchendo e nem nos demos conta direito. Acho que encheu mais depressa que de costume. E nem vimos que a água estava subindo pela barriga de nossa mãe e ela com aquela voz gorda não dava pra gente ouvir cá de longe onde nadávamos. Quando chegamos perto dela, estava caída, toda mais mole do que o que era. Começamos a levantar o corpo e nada de poder. Meu irmão agarrou a chorar de nervoso e a gente puxando ela pelo braço e ela sem nem sair do lugar. A água batia em nosso peito com uma força desconhecida. E ela gorgolejando, bebendo água, bebendo água, vendo que ia morrer afogada. De vez em quando, levantava a cabeça, o pescoço mole, e dizia "menino", a boca cheia d'água. Meu irmão saiu correndo pedindo socorro. Quando chegaram, ela já estava toda amolecida e, com muito esforço, conseguiram deitar o corpo dela na beira do rio, naquela escuridão. A gente só ouvia os gorgolejos, ela botando água e mais água, que deu até nojo de, no outro dia, a gente cair lá dentro ou pegar água pra beber.

Trouxeram nossa mãe numa carroça e, quando meu pai chegou, ela já estava toda enxuta, só que desacordada. Tia Dilha mudou a roupa dela e fez um chá de alfavaca pra ela não ficar resfriada. Meu pai falou que era melhor levar ela pra cidade, porque ela parecia não querer acordar nunca mais.

Levaram nossa mãe pro hospital e passou-se algum tempo. Quando ela voltou nem era mais época de manga e estava bem menos gorda. O rosto parecia machucado, como se a gordura tivesse escorrido toda e só sobrado a pele velha. Beijou a gente como nunca tinha beijado e disse "quanta saudade dos meus meninos", mas de um jeito tão outro na voz que não consegui me sentir o filho dela. Conseguia falar de si mesma como se fosse de uma outra pessoa, muito distante, de muito tempo atrás. Não demonstrava interesse por nada, nem perguntava se a gente estava indo pra escola. O rio, era como se ele não existisse. Pensamos que ela ficou com medo e nunca mais iria querer saber de ir tomar o banho das seis e meia, para nosso alívio. Mas juro que tive vontade de ter a mesma mãe de antes para ir nadar no rio toda noite e ter mais cuidado com ela.

Nossa mãe parecia ter voltado com menos reação. Tia Dilha dizia certas coisas a ela que só mesmo uma pessoa sem sangue podia ouvir sem responder. Quase não queria mais se levantar da cadeira e caminhava sem muita vontade. Aos poucos, o corpo de antes foi ganhando espaço e depois já estava além do normal. O nosso medo era a boca da noite, se ela, por acaso, se lembrasse dos antigos banhos de rio. Não ia ser fácil arrastar de novo todo aquele mundo em menos de uma hora, andando devagarinho. O pior era que, se ela quisesse mesmo ir, ia ter de sair ainda com a luz do sol. E as risadas iam pipocar por toda parte e a gente ia ter de ouvir a criançada atrás gritando "ubre de vaca! Ubre de vaca!". E também dificilmente a gente ia poder segurar o seu peso nos ombros, na preguiça que tinha tomado conta de nós ultimamente. Quando já estava escurecendo, meu irmão dizia "vamos nos mandar", mas eu tinha pena e ficava. Passava diante de sua cadeira e via só aquele corpo enorme sem muita vida, ressonando forte algumas vezes. Outras, ela me olhava, dizia "cadê seu pai?", com a voz triste.

Só muito tempo depois foi que meu pai ficou sabendo que ela nunca mais tinha ido tomar banho de rio. Ele achou que ela não queria nos incomodar e pensou num jeito da gente levar ela sem sofrer muito. Um certo dia, ele chegou com umas tábuas e uma roda e ficou trabalhando um domingo inteiro, coisa fora de seu normal. Ela pediu para ficar no quintal, toda atenta, vendo ele trabalhar, com uns olhos derramados que eu nunca tinha visto. De tardezinha ele disse "é pra vocês carregarem sua mãe. Uma pessoa não pode viver assim dentro de casa o tempo todo". Olhei pro meu irmão, o coração bateu frio e vi que minha vida dali em diante ia ser mais pesada que nunca. O carrinho levou uma mão de tinta e nossa mãe como sempre parada, mais boba que nunca. Tia Dilha, depois de lhe dizer um monte de verdades, se foi de vez. "Meu irmão ainda é muito moço e muito homem", ela disse, numa gargalhada tão estalada que ainda hoje dói em meus ouvidos junto com o choro que sacudiu nossa mãe inteira em sua cama de pau.

Felizmente, para nós, ela parecia ter perdido de vez o interesse pelo mundo. Tinha agora um cheiro de inhaca. Não queria nem mais tomar banho de bacia. A gente lavava os braços dela, e o banho de assento ela fazia no quarto antes de dormir, mas muito raramente. No outro dia, a gente via a água clara sem aquela cor cinza de corpo lavado. Ela não falava nada, não ralhava mais, e a única vez que vi certo espanto em seus olhos foi quando a levamos no carrinho pelo povoado, com o sol nascendo. Ela disse apenas que queria ir à praia. Em vez de ficar olhando pro sol pra se queimar um pouco, ficou olhando as casinhas de palha, observando quem entrava e quem saía. Não disse se gostou ou não, só parecia ter os olhos molhados da maresia. Da outra vez que tentamos botá-la dentro do carrinho, fez corpo mais mole e não quis ir. Nós também não lutamos nem um pouco. O carrinho teve outras serventias e foi nosso primeiro meio de fazer uns biscates. Meu pai, pouco a pouco, foi deixando de se preocupar com as despesas da casa e já não tem mais hora certa de chegar. Dizem que ele arrumou uma dona do outro lado do rio. Às vezes, quando nos encontra ali perto do mar, muda de caminho e nossa mãe não quer nem saber. Eu e meu irmão, de coração tranqüilo, continuamos a nadar todas as noites. Não sei se por hábito ou qualquer outra coisa, saímos os dois nos esgueirando sob a mesma escuridão, como se fôssemos duas sementes imprestáveis, para morrer dentro das águas desse rio, disputando a mesma pedra de amolar.

(1993)

DAS DORES

Ela sabia que mais dia menos dia aquilo ia acontecer. Não sabia bem por quê, mas ia. Também naquele cu-de-judas, só mesmo os cachorros para ensinar a ela e vez ou outra um bode doido. Por isso ela não se assustou quando ele veio por trás e fez tudo aquilo sozinho sem ela nem poder ver. Apenas emprestou o corpo e ficou esperando. Achava que era assim, cedo ou tarde ia ter de acontecer. Que então fosse assim. Era tão pouca gente que aparecia por ali que, quando ele surgiu, com aquela perna de pau, preto retinto, tão o contrário da cor dela, achou que era ele. O pai não reclamou nada, a mãe chorou, só tinham a ela e a Deus no mundo. Mas o pedaço de terra era pequeno e o tal tinha comprado não só o do vizinho, mas o deles também e de bondade os deixaria morando ali. Para isso precisava casar. O pai não disse sim nem não, a mãe disse uma reza baixinho, e ela ficou em pé ao lado da porta. Achou esquisito ele dizer aquilo, que tinha gostado dela, que queria casar com ela, montar casa e se encher de filhos.

O casamento foi um átimo de dor que nem de arrancar dente, e ela quando viu já era noite e ele veio de manso. Ouviu como um baque surdo. A perna de pau que ele tinha tirado e encostado na parede. Era toda de barro a casa feita para ela. Sem reboco e sem pintura, mas com uma trempe maior que a da mãe. Aí ele a pôs de quatro, e ela ficou esperando como a cabra, e ele tal e qual o bode no terreiro. Não olhou para trás, lembrando da história da avó, de virar pedra de sal e ainda mais daquele jeito. Sentiu então a presença dele, como fogo queimando berne, uma quentura doída e ela não sabia por que teve vontade de fechar os olhos certa hora e só acordar no outro dia quando ele já tivesse ido embora. Era aquilo o casamento. Rápido, mais rápido que alicate de dentista. Mais rápido do que o pai ferrando vaca. Teve uma hora que ela sentiu um cheiro forte se desprendendo do homem, mas, firme, não olhou para trás. Ele disse "fique assim" e esperou até que ouviu um barulho de parafuso atarraxando e aí ele disse "pronto, vá se lavar". E ela foi e viu óleo boiando na bacia, mas não era óleo. A porta bateu e deu um medo brabo nela. Era a primeira vez que dormia só.

Ficou assim acertado. O pai receberia as sementes e tudo ia ser de meia. No tempo da chuva, ele plantou milho e feijão, enquanto ela sentia uma água azul na boca. Era assim que ela dizia: "Mãe, tou com água azul na boca". A mãe chorava com tudo o que ela dizia e passou a benzer a barriga dela com óleo, fez as contas e viu que era para o São João.

Ela até gostou quando não veio. Nunca gostara daquele sangue pontual escorrendo nas luas certas. A mãe disse que aceitava tudo, como Cristo a cruz. Ela não entendeu, e o pai foi o único que não mudou de cara. Picava fumo, tirava formiga e esperava o negão para dividir as meias. E entre meias e meias, ela ficava de quatro, até achando bom agora. Só ia ser ruim no São João. Ia ficar sem comer canjica porque tinha coco e aí só depois de quarenta dias. Coisa de resguardo, a mãe falou. Foi só o que ela achou ruim. Contava os dias nos dedos e se perdia.

Foi numa noite de muita chuva e a mãe saiu correndo légua e meia feito uma doida e veio com uma mulher que lhe abriu as pernas bem mais que o catinguento e de dentro puxou alguma coisa que se chamou João. Não disse ui nem ai, só não gostou do sangue que parece tinha se acumulado todo para de uma só vez. E, sem mais nem menos, ele apareceu, nem olhou para o filho e se trancou com ela para desatarraxar a perna. Dessa vez a dor foi pior que a do dia do casamento, como se estivesse cavoucando cova de dente arrancado de recém. Quis gritar, mas era tudo tão ermo que só o menino podia acordar e ninguém ia cuidar dele enquanto ela estivesse assim que nem cabra.

Veio o verão brabo e ela perdeu mais uns dentes, o pai cansou de vez e a mãe continuou fazendo feijão ainda da roça de meia. João parecia ter um mês, mas já tinha seis. Veio a rezadeira que o benzeu para ele não ficar encruado. No São José já engatinhava com dificuldade e tinha um pezinho torto que ela desistiu de torcer para o lugar certo com óleo bento. O negão continuava desatarraxando a perna e ela sem nunca ver a cara dele enquanto durava aquilo. A posição já começava a incomodar e ela agora arrumava um jeito de pôr mais peso ora num joelho, ora noutro. E o belzebu dera agora de outros caminhos mais doloridos, e ela nem impava nem dizia ai. Ele atarraxava a perna e tomava sumiço por uns tempos. Até que veio um dia outro homem e disse que ali tudo tinha outro dono. Achou esquisito quando ele veio por cima com sua língua descorada e ela achou que homem tinha mesmo parte com bicho, bode ou gato. A diferença maior era que esse demorava tanto em cima dela que no outro dia estava moída de cansada. Se o menino reinava, ela se enquizilava toda e não sabia bem por quê. Era uma falta muito grande que sentia no seu canto mais fundo, lembrando com facilidade tudo o que o outro fazia. E começou a sofrer toda vez que esse montava nela, com aquela língua de cão sarnento e os beiços melados de Satanás. João se punha de pé, agarrado nas coisas, quando ela sentiu alívio do sangue pontual como a lua nova. E a mãe ficou triste de ter de correr de novo légua e meia para buscar a mulher que puxava criança de dentro, e o pai cismava agora de vista dura, sem enxergar nada.

A meia continuava e era ela agora que tinha de tomar conta de tudo, arrastando João, e só não sabia o que ia ser da reinação das formigas quando a velha puxasse o outro de dentro dela, porque agora ela já sabia de tudo. E tudo parecia tão marcado no tempo que foi de novo pelo São João que a mãe correu a légua e meia e demorou tanto dessa vez que quase ela nem sentiu o puxão.

O homem de agora respeitou os dias tão longos sem ela poder comer canjica. Não fez como o outro que quase a arrebenta mais que a criança. Esse queria coisas que ela fazia como soldado ensinado e ele tão demorado como sol se pondo e ela ficando cansada e em breve, ainda mais, ralhando com dois, mesmo o menorzinho não tendo nenhuma culpa.

Mais alguns meses e o pai se foi. Cego e surdo, triste e magro. A mãe veio morar com ela e ela achou que era bom porque assim o homem não ia ter coragem de bufar em cima dela a qualquer hora do dia. Dito e feito, o homem rezingava agora com a velha e um dia disse que não queria mais as duas em suas terras. Na beira do rio que ficava longe tinha invasão, e ele até deu as varas e o barro. Montou casa para elas, adeus e até nunca mais.

Na beira do rio ela foi das primeiras e nem passou um tempo e já eram tantos. Os meninos já corriam pela lama, o maiorzinho de pé torto que não teve jeito e ela já quase sem nenhum dente. Pena que não ia ter mais motivo para ir na cidade, por isso guardava os últimos na boca como quem deixa o melhor bocado para o fim. Mãe e filha eram um silêncio só e os meninos emagreciam que nem. Aí veio o bodegueiro e disse que ela querendo podia arrumar um leite para as crianças e uns remédios para verme. De noite, no quartinho de taipa, a mãe virou de costas e tapou os ouvidos. E ela fez o que nunca viu cachorra nenhuma fazer. Nem por trás como o perneta, nem por cima como o demorado. Ele disse que nunca ia faltar leite na casa dela e ela aceitou e ele disse que assim também ela nunca corria perigo de ter mais neném e era só assim que ele gostava. No outro dia pagou para ela ir tirar o resto dos dentes. Quando voltava para casa, ela viu pela primeira vez os meninos alegrinhos, vadiando pela lama, brincando com os caranguejos. Só teve pena do outro também não ter o pezinho torto para fazer parelha com o irmão.

(1993)

EXISTE CÉU PARA ASSASSINO?

Tanta gente, seu Rosalvo, mas tanta gente, uma beleza! Não tinha nem um ônibus, só carro de gente rica. Fui entrando de fininho e vendo o brilho de tanta jóia, cada pedra desse tamanho nos anéis, nas orelhas, nem se fala, brinco de tudo o que era jeito. O marido eu não vi onde ele estava. Eu sabia que ela não saía da cama, botava todas as jóias e o marido feito um idiota, fazendo todas as vontades dela, achando sei lá o quê, maluquice, desperdício, e além do mais ela tinha quebrado uma perna para completar a desgraça. E já lá se ia um ano e nada dela ficar boa. O osso não emendava de jeito nenhum. Não se separava das jóias, acho que com medo dele vender tudo para pagar os gastos e não dar o dinheiro para ela. Dizia: "Ô Andrade, meu bracelete e meus brincos de ouro que comprei lá na Espanha". Ele trazia e ela botava, olhava, olhava, pedia um espelho e dizia "não combina, hoje estou mais para turquesa que para ouro e prata". E o bestão, pois sim, bestão, servindo que nem criado, e tudo isso cheia de perfume francês, ainda dava para sentir até o cheiro pela casa, ou era das flores? O senhor sabe como é gente rica, muito vaidosa, metida a besta, e não deixava passar ocasião sem falar no que tinha. Da última vez que fui lá, de atrevida que sou, fui vender meus perfumes, pensa que ela quis? "Estou tão apertada, meu cirurgião plástico levou minha fortuna." Só comprou um creme de enxaguar baratinho, e ainda por cima disse que só usava Chanel nº 5, igual a uma artista americana, ela disse lá um nome que não gravei. Quanto ódio, seu Rosalvo. Eu precisando vender muito para comprar a camisola do dia, de cetim, sim, senhor, que nunca fiz por menos.

Quando cheguei lá, fiquei até com vergonha. Só tinha gente da sociedade, tudo carro do último tipo, nem um fusca para contar da história, e nós num carro fora de linha. Sempre falei pro João arrumar um jeito de trocar por um carro mais novo, e aquela chapa vermelha já dizia tudo, mesmo ele tendo tirado aquilo de cima. Mas o senhor sabe como ele é. Não luta assim como o senhor que começou com uma porta e hoje está com um armazém. Ainda vou ver o senhor com um mercadinho, seu Rosalvo! Também ele ficou tão envergonhado que foi estacionar lá no fim do mundo, já perto do rio. Eu saltei na porta, me fazendo de passageira, e por dentro morta de vergonha. Ele disse "fique aí, Dinha, que vai ser difícil arrumar uma vaga". Eu até abri a bolsa para quem me visse pensar que eu estava guardando o troco. E eu só olhando pro pé dele, e ele bem sabendo por quê. O enterro estava marcado pras dez horas, mas só saiu quase meio-dia, tanta era a gente querendo ver prima Linda pela última vez. Ela era muito querida, tinha sido uma autoridade do estado e coisa e tal. Aparecia até na televisão. E o pior é que já iam fechar o caixão e nada de eu poder chegar lá, ver se ela ainda estava bonitona como sempre foi. Me fiz de valente, de parenta chegada, e fui abrindo caminho, com licença, com licença, fazendo cara de sofrimento. O rosto estava pintado, as plásticas tinham servido para nada. Na hora que a diaba chega a pessoa volta às feições antigas, já tinham me dito isso e eu vi que era verdade mesmo. Tinham feito maquilagem e tudo o mais, mas quem pode com a danada, não é, seu Rosalvo? Eu só lembrava do senhor. Ah, seu Rosalvo, aqui pra gente dar depois umas boas gargalhadas! Aquelas bochechas caídas de bebê que ela sempre teve, tudo como era antes. No pescoço um lenço finíssimo, uma pena. E eu, taí, que adiantou tanta riqueza, tanto dinheiro gasto com cirurgião plástico, antes fosse com meus cosméticos. Os cabelos ralinhos, quase careca, de tanto remédio que tinha tomado. Mas aí o medo foi tomando conta de mim. Se uma desgraça assim acontecesse comigo? Deus me livre e ao meu João. Me cuspo toda. Eu quero muito bem a ele e ele a mim. Se não pode dar tudo o que quero é porque a vida é assim mesmo. Não é mesmo, seu Rosalvo? Como o senhor diz, eu tenho espírito de baronesa, luxenta que sou, que só quero o que a vida tem de bom e de melhor. Mas acho até que uma vida difícil faz a gente se tornar mais amoroso um com o outro. Se eu cair doente, garanto que não vou fazer o que prima Linda fez com o pobre de seu Andrade. Até para fazer as necessidades ela pedia para ele ficar com ela, de mão dada. Vê se pode, seu Rosalvo!

Na hora de fechar o caixão, ele apareceu com dois soldados, um de cada lado, se amparando na filha. "Matei mas foi para não ver você sofrendo, Linda", ele gritou, beijando a mulher, e disse que em breve iam se encontrar no céu. No céu?, pensei cá comigo, toda arrepiada. Aí todo mundo ficou comovido, e eu dei razão a ele pela primeira vez. Ele estava com um terno escuro tão bom, dessas fazendas de faiscar na vista, uns óculos que devem ter custado uma fortuna, de um espelhado que nunca vi. Dizem que foi mesmo, e eu até acredito, que ele chorava feito menino, vendo a mulher se desmanchando em bosta viva e ainda por cima com aquela perna quebrada sem esperança de conserto. E a gente pensar quem foi Jolinda, toda de unha pintada, roupas finas que trazia da Europa, e se acabar daquele jeito. Ela ficou lá no banheiro e ele foi até a cozinha. A empregada perguntou para que aquela faca, e ele, "para dar um jeito no que não tem". A empregada falou que ele sempre foi assim engraçado e deu por finda a conversa. Quando ouviu foi o grito e ele vindo de lá de dentro, "pronto, sua patroa já está boa", com a mão toda ensangüentada. Ela encontrou prima Linda toda melada de sangue e bosta, que a pobre tinha um mal incurável nas tripas, a tal doença. Ele enterrou a faca bem aqui no pescoço lá dela, Deus me livre. Uma tristeza. Adiantou tanto dinheiro? Bem bela estou eu com o meu João. A prima pobre, mas feliz. E naquela hora só me vinha mau pensamento, será que o meu João faria uma coisa daquela comigo? Do jeito que ele é ciumento, me pica toda na ponta do canivete. Mas pelo menos teve um enterro bonito, rico como ela na certa queria, como eu ou o senhor gostaria de ter. Foi o enterro mais bonito da família, da banda de lá, é claro. Porque da banda de cá é tudo tão triste, dois ou três carros e mais um ou dois ônibus, que é a pior coisa que eu acho num enterro. Disso eu tenho desgosto. De pensar que um dia vou mal acompanhada para minha última toca. Só acho que o que faltou foram uns brinquinhos na orelha. Prima Linda sem uma jóia não era a mesma prima Linda. Nem que tirassem na hora de embarcar, porque a morte para mim é uma viagem, não é mesmo, seu Rosalvo? Sabe que eu nao me incomodava de estar ali no lugar dela, com tanta gente rica em volta, sem nenhum ônibus me acompanhando cheio de crianças de sandália japonesa? Agora os carros começavam a se mexer, brilhando na avenida, parecendo que tinham dado aquele polimento caprichado que o meu João gosta de dar na chumbrega velha dele e que nunca adianta. Quando me dei conta, o cortejo já ia andando, o marido onde se meteu não sei. Aí fiquei contando os carros, até que cansei. Olhei para minha mão e vi que só tinha a aliança de casamento e que hoje nem sei onde deixei. Fiquei imaginando como é difícil a gente saber que fim vai ter. Quem diria, Jolinda se acabar numa poça de merda e sangue. O marido ser a vida toda um assassino, dormindo com ela, sem ela nem desconfiar. Comecei a chorar e logo num enterro chique. Felizmente, consegui me controlar, esperando João, que parece não ia chegar nunca mais, vai ver envergonhado de estar em manga de camisa. Bem empregado! Não sabe o que é gente rica. Comecei a pensar uma porção de coisa positiva, nas graças que o senhor vive dizendo, que tenho tudo para ser feliz, que não sou porque não quero e não ia ser a prima Linda que ia bagunçar o meu coreto. "Muda de pensamento, mulher", eu só pensava agora nos conselhos do doutor. E passava a mão nos olhos, enxugava devagarinho o nariz como as grã-finas e nada. Uma vontade de sumir, de estar mesmo no lugar de Jolinda, livre dessa vida para sempre. Chega de passar tanta humilhação, moça, eu dizia para mim mesma. As pessoas já me olhavam desconfiadas, porque em enterro de gente rica, tirando o assassino, ninguém abre o berreiro na hora H. João parece que tinha adivinhado o meu desespero e já vinha todo suado na minha direção. Me abraçou e foi então que vi como a camisa dele estava toda roída no colarinho encardido e os ombros cheios de caspa caindo do cabelo pixaim. Senti tanto nojo, seu Rosalvo, tanta raiva, seu Rosalvo!

(1993)

UM BARÃO ASSINALADO

A palavra *amor*, por exemplo, ele pronunciava baixinho, a amargura de seus quarenta anos e aquele travo na voz e nós na turma ficávamos em silêncio por alguns segundos, mesmo quando ele já tinha se refeito. Depois vinha a algazarra normal, a segunda ginasial era mesmo do caralho. O professor Paredes se transportava de novo à terra, o silêncio, lembra? E pedia calma, parecendo perto do choro e dizendo "me perdoem, mas Camões me deixa muito emocionado". Porra, cara, naquele tempo a gente estava cagando e andando pra Camões. O bom mesmo eram os aviõezinhos pelo ar, os percevejos que tirávamos das orelhas dos da frente. Depois ele vinha com a análise sintática, primeiro um traço vertical antes dos conectivos para achar a principal, depois as subordinadas. Subordinadas o cacete, que a gente sabia lá pra que ia servir aquilo. Só mesmo pra tirar zero. E sabe que até hoje eu não sei? Lembra daquela vez que você perguntou "professor, pra que serve a gente fazer isso?". E ele todo nervosinho, "no futuro vocês vão saber, no futuro vocês vão dar valor a tudo isso". Você já soube? Nem eu. O nosso negócio era sacanear, claro, minha vida poderia ter sido melhor, mas não por causa da análise sintática, mas por certas coisas que ficaram presas aqui no peito. Mas isso é normal, todo mundo sente isso. O professor Paredes torrava o saco da gente e nós o dele. Saía o coitado pátio afora, cabisbaixo, a gente chegava até a ter um pouco de pena, mas logo passava. Era o diabo o que a gente tinha no couro. Era só o pobre entrar na sala e todo mundo se danava, ficávamos possessos. Você era quem puxava o cordão. E as balinhas que ele chupava pra garganta? E a gente: "Sempre chupando, né, professor?". Ele ficava vermelho e de repente a turma toda desembrulhava uma balinha na mesma hora, fazendo um ruído só. E depois eram os estalidos com a língua e ele esperava a gente terminar de chupar a bala para continuar com Camões. Ele — você se lembra bem — morava lá naquele quartinho grudado à biblioteca. Tão pequeno, tão estreito, a gente lá embaixo só via uma janelinha que nunca se abria. Dava uma puta curiosidade a vida do professor Paredes. Ele se trancava depois das aulas e ninguém via mais as fuças do cara. Mas todo mundo respeitava a cultura do homem. Sabia tudo sobre *Os lusíadas*. Lembra daquele debate entre ele e o professor Bordin do colégio de freiras? A gente até torceu por ele. E ele ganhou mesmo. Só nunca entendi por que um homem tão culto era tão triste. Aquele ar cansado de quem estava só esperando a morte. Inventaram que ele tinha matado a mulher e depois da pena tinha ficado assim. E quando resolvia recitar trechos de *Lusíadas*? "As armas e os barões assinalados", e você, puta que pariu, "professor, barões ou varões?". E ele: "Tudo a mesma coisa, tudo a mesma coisa". O Emídio, lembra do Emídio, disse que ele tinha uma ferida incurável. Sabe que eu tenho a maior curiosidade de saber o que foi feito do professor Paredes? E quando ele recitava os poemas líricos? A palavra *amor*, tão baixinho ele dizia *amor*, a gente se emputecia com aquelas babaquices. E ele, ainda emocionado, ia explicar no quadro. Porra, Paulino, depois de tantos anos, é como se a gente estivesse lá, falando tudo isso chego a sentir um frio na barriga. O tempo correu e a gente nem se deu conta. Tempo bom aquele quando a gente ria da palavra *amor*, e você? Ficou mais gordo, engordou paca, perdeu até a cara de sacana, safado pra cacete. Lembro de você no dormitório puxando o coro dos gemidos. E quando era o professor Paredes que ia tomar conta, tinha de ir chamar o padre diretor, porque tinha noites que estava todo mundo azedo com a visita da inspetora. E o padre Rocha, "vocês estão pecando contra Deus", a gente bem quieto, só esperando ele sair pra ir se lavar no banheiro.

Mas voltando ao professor Paredes, sabe que até hoje eu luto pra saber por que a gente ficava assim na frente dele? É ver você e logo me lembro do professor Paredes. Vocês depois ficaram muito amigos, mas no começo era seu Paulino, ao quadro, bastava um erro e tome zero. E depois tocava a declamar. "Este inferno de amar — como eu amo!/ Quem mo pôs aqui n'alma... Quem foi?" Vê como me lembro? Almeida Garret. "Esta chama que alenta e consome", e por aí afora, o olhar perdido. Puta merda! Hoje me dá arrepio, mas na época não. Me sinto até culpado dos peidos que soltava bem alto quando ele estava de costas. Mas aí veio a vida e ele tinha razão. Todo mundo foi prum canto, viramos homens sérios, você que era nosso líder virou escritor famoso. Sabe que até hoje não entendo por que de todos os professores foi ele o que mais me marcou? Deixou uma marca, sei lá, uma coisa forte que às vezes acho que grudou para sempre. Você parece que não gosta muito de relembrar aqueles tempos, mas adolescente é assim mesmo, cara. Sabe que já fui até a um analista? Mas hoje estou bem e sou mesmo o pai dos meus filhos, 24 horas por dia. Não deixo faltar nada, dou tudo, compro tudo, apesar de separado. Não me falta nada. Carro do ano, apartamento com suíte, não tenho mais porque não quero. Era muita perversidade nossa. E da vez que resolvemos comprar o faxineiro e entramos no quartinho dele? Não tinha nada, só uma cama velha e uma pilha de livros. A gente ficou num silêncio e tanto, com pena do homem. Dali em diante você mudou. A gente chegava cedo na biblioteca, grudava o ouvido na porta dele e vinham uns ruídos de quem assoa o nariz por causa do choro. E, quando o faxineiro foi embora, veio aquela beata das pernas grossas, que deu bem pro gasto das nossas noites. Porra, Paulino, a velha se pegou de amores com você e o professor Paredes. Você começou a ter acesso aos livros dele e ia lá quando quisesse. O Eudo foi quem inventou que você comia a dona lá no quarto dele e ele ficava só olhando. Você nunca tirou isso a limpo. Falaram até que iam expulsar você. Fez de sua vida o maior segredo dali em diante. Porra, cara, a gente tinha a maior admiração por você. A turma toda. E, quando soubemos que você ia casar logo depois da formatura, ninguém quis acreditar. Você era a maior promessa da nossa geração. Quem mandou descabaçar filha de fazendeiro, ainda mais naquela época que moça era moça mesmo? Eu sabia que seu casamento não ia dar certo. Assim calado, nem parece aquele que participou de tanta sacanagem. Você se modificou muito. Quem primeiro notou foi o Travassos, aquele que apostou que ainda ia gozar na igreja. Puta sacrilégio! Só não foi expulso porque o pai era político e ajudava nas obras do colégio. Agora minha maior surpresa na vida sabe qual foi? Logo depois que você entrou no quarto do professor Paredes. Ele, numa tarde de futebol, passou a mão no meu ombro, assim de repente amigo, uma delicadeza tão grande, que me deixou pensando a noite inteira como seria bom ter um amigo assim como ele. Fiquei até com inveja de você. E fomos todos entrando no sério, eu até acho que não fui dos que mudaram tanto, continuo o mesmo debochado de sempre, não sou besta, nunca quis entrar numa dessa de senhor de respeito, porque a vida deve começar depois dos quarenta. Tenho tudo o que um homem pode conquistar: dinheiro, mulheres, três lindos filhos. Mas sei lá, aqui com você, de repente dá assim uma coisa, uma saudade daqueles tempos sem preocupação nenhuma, uma falta, um pedaço não sei de quê, alguma coisa que se despregou da gente naquele tempo e que nunca mais achei. Aí meus colegas, você também, seu sacana, cada um foi pro seu lado, na mesma cidade e é como se a gente morasse a léguas um do outro. Você precisa aparecer, cara, sei que escritor não tem tempo de estar jogando conversa fora, mas a gente precisa se encontrar mais. Na faculdade já éramos estranhos uns dos outros e hoje resolvo segurar você aqui, tentando relembrar essas loucuras de antigamente. É como se eu estivesse voltando lá e você fazendo o favor de me ouvir, nunca aprovando nem reprovando ninguém com esse seu riso de banda, reencontrando tudo de novo, aquelas árvores do colégio, aquele sino, mês de maio, mês de Maria, mês de amor. Lembra dos cânticos? A palavra *amor* que a gente berrava bem alto mas que hoje nem pronunciar como o professor Paredes a gente pronuncia, e se pronuncia é assim meio sem jeito, achando que ninguém vai entender, como não entendíamos na época "o assento etéreo onde subiste", nem o que era viver "cá na terra sempre triste".

(1993)

RETRATOS

E começaram a chegar as inevitáveis fotos. Rose e a torre Eiffel. Miro sentado às margens do Sena. E o céu sempre escuro, sempre nublado, sugerindo a tia Doquinha gripes dolorosas, abafamentos de peito, coração agoniado. Logo Ramiro, sempre tão franzino, ela dizia à minha mãe também chorosa com saudades do filho. As fotos ficavam sobre a mesa, vindo uma das duas dar uma espiada de vez em quando, olhar mais demoradamente, enxugar uma lágrima a mais. Eu tentava adivinhar a vida que existia por trás daquelas árvores esgalhadas, secas, os perigos, as armadilhas. Ramiro devia estar mesmo perdido em meio a gente tão estranha. Em toda carta ele reclamava, "os franceses malcheirosos", "os franceses mal-humorados". Tia Doquinha sempre dizia: "Ele devia mais era voltar, largar aquela desgraça fedida". Mas Miro sempre respondia que estava preso ao seu destino, cartas bonitas que um dia eu gostaria de escrever. Voltar só dali a alguns anos, e logo uma esperança vaga tomava meu peito. Ramiro voltando, ele gostava muito de mim, eu poderia ir morar com ele. Muito mais velho que eu, sempre morou na rua, interno de graça no colégio dos padres. Uma coisa que me esfriava por dentro era a visão dos postais, a cidade envolvida numa sombra azulada, uma luz difícil de penetrar e encontrar os verdadeiros contornos das coisas. A Notre-Dame não passava de uma sombra com suas gárgulas esfumadas. "Esta é a igreja mais famosa", ele dizia, ou então, "Paris é linda vista aqui do alto", como a única verdade que havia encontrado. Dava até medo a gente se perder naquelas alturas e naquelas ruas tortuosas, prédios tão antigos, o frio constante.

Foi tia Rosita quem jogou lenha na fogueira. A visita de domingo se transformando em desgosto e preocupação para toda a vida. Ramiro nunca aparecia de frente nos retratos, "já notou, Doquinha?". O olhar sempre distante, nunca encarando de frente, o lado direito do rosto sempre escondido na sombra. As pernas finas saindo do casaco enorme verde-abacate, magro, cada dia mais magro, "um desajeitado o Ramiro", e minha mãe atalhando, "gosto pela vida ele sempre teve, só que parece que perdeu". Enquanto isso, Rose sempre risonha, casacos coloridos, "os olhos da cara, coitado", tendo ao fundo o Arco do Triunfo. A paisagem que tanto me deixava inquieto não existia para elas, às voltas com as descobertas de tia Rosita. "Rose é um perigo", a frase que eu mais ouvia, como se o mundo se resumisse em Ramiro e suas desventuras em Paris. Tia Doquinha nunca lhe perdoara ter trocado a batina por uma loura sem-vergonha. Enquanto ele se matava no trabalho, ela devia ficar rodando pela cidade, "catando bem sei o quê", completava tia Rosita, um leve despeito por ele não ter casado com minha prima Mila.

Os retratos passaram a ser examinados com mais cuidado, mais demoradamente, tia Doquinha tentando descobrir o que se passava com o sobrinho mais querido. Ramiro perto do Sena, aquilo dava nela uns arrepios, uns maus pressentimentos, coisas de águas profundas com desgostos de vida. E Miro não mostrava mesmo o lado direito do rosto, olhando ora para o alto, ora para o chão, como se buscasse alívio para alguma dor. Eu saía um pouco pelo sítio onde morávamos, ia passear, tentar engolir o amargo que me vinha garganta acima. Me impressionara um postal azul com uma gárgula enorme, ameaçadora, em que ele via tanta beleza. "Só mesmo uma raça de artistas", dizia. De longe eu via as sombras dentro de casa. Tia Doquinha e seu pano preto na cabeça desde que perdeu o pai; minha mãe e o chumaço de cabelos brancos que ela não conseguia dominar. As paisagens então se transformavam. Miro devia estar vendo mesmo coisas muito bonitas, mesmo que fossem aqueles animais de pedra escarrando fogo sobre a cidade.

Depois das suspeitas de tia Rosita, a cada domingo mais preocupações, mais desespero. Tia Doquinha separou as fotos por um critério só dela. Olhava-as, tornava a olhar noite adentro, mais uma atividade para a sua insônia. Os chás foram esquecidos na cristaleira, os retratos se ensebando de dedos gordurosos de cozinha. De vez em quando, dentro da noite ainda, eu a ouvia chamar a irmã, "olhe, Bezinha, veja a diferença do tempo que era solteiro e agora". Minha mãe, ainda sonolenta, rosnava qualquer coisa só para contentá-la.

Tia Doquinha amanhecia cansada, os olhos, uma posta de sangue. Minha mãe dizia "você acaba morrendo pra dar gosto à Rosita". Eu não entendia muito bem o que aquilo queria dizer. Muitas vezes minha mãe olhava as fotos e não conseguia dizer nada. Ramiro apoiado no ombro de Rose dava mesmo um mal-estar na gente, como se estivesse se recuperando de alguma doença. "Acho mesmo que ele não nos conta nada", ela disse chorando meses depois. Dentro de seu casacão verde, ele demonstrava um certo desequilíbrio, compensado pelo corpo bem aprumado de Rose. Muito pior a outra foto, onde ele aparecia só de meio rosto, atrás de um castelo sombrio, "Lisboa, uma desgraça", escrito atrás com uma letra tremida. Minha mãe não conseguia parar de chorar. Rose ria, sempre estava rindo, só podia ser do bestalhão do marido, a loura desgraçada.

Pelas fotos Paris devia ser também uma desgraça. Adoecer ali era um passo para a morte. As duas agora faziam coro às predições de tia Rosita. Esta dera de aparecer com mais freqüência, complementando as notícias com bombas estourando nos aeroportos, os perigos do metrô, e o pior era o clima para os peitos tão fracos de Ramiro. "Lá o sol só aparece de ano em ano", dizia. Ramiro para mim não mudara muito, o olhar quase sempre triste, como se nada no mundo o contentasse, e o pouco riso que tinha continuava escasseando. Depois de certo tempo só enviava postais de quadros que não nos interessavam. Tia Rosita não podia deixar por menos, vendo nessa ausência de fotos verdadeiras o fim quase próximo de Ramiro. "Ele não quer é preocupar vocês." Escolhia uma das fotos antigas, Ramiro em Veneza: "Deve ser lindo lá, tudo dentro d'água", completava. Para minha mãe, estar na Itália era nunca mais poder encontrar quem por lá andasse. Rose, sempre Rose, cercada de pombos na praça São Marcos, nos casacos caríssimos, enquanto o marido perdia o gosto pela vida. As poucas palavras escritas, "Estamos aproveitando", "A Europa é uma beleza", soavam falsas diante da tristeza de Ramiro. As duas caíam agora no choro mais facilmente, enquanto tia Rosita se empertigava toda e ia embora.

A casa ficava inquieta a cada visita dos domingos. Deu em minha tia um forte desejo de ir visitar o sobrinho, examinava-o, abandonava as fotos sobre a mesa, deixava-as pelo chão pisoteadas pelos cachorros. Não tardou uma sua descoberta em meio às coisas guardadas na despensa. Uma lupa achada naquele monturo de malas e cestas empoeiradas. Ficava agora a examinar as fotos, os detalhes saltando à vista, marcas novas que a olho nu seriam difíceis de descobrir. Ramiro tinha um sinal no rosto, que só podia ter nascido lá. Um sinal graúdo na face, na altura do olho esquerdo. Tia Rosita falou em doença maligna que começa com um caròcinho e quando a gente vê já é tarde demais. O choro das duas irmãs foi subindo, subindo, parecendo contaminar tia Rosita. Mas ela, desde a morte de meu avô, tinha se tornado uma mulher cheia de força, não se deixando vencer tão facilmente. Batia o pé pra não ficar com a pior parte do sítio. Chegou a ficar de mal das duas por uns tempos, mas depois voltou às boas, quando soube das fotos e do casamento de Ramiro. Aproveitei aquele instante em que as três estavam distraídas, as duas enxugando lágrimas e a outra vaticinando agouros. Peguei a lupa que tanto escondiam de mim com medo de que eu tocasse fogo em tudo. Comecei a olhar as coisas à minha volta ficando gigantes, mais feias do que de costume. Depois passeei pelo rosto de cada uma delas. Vi seus narizes disformes, as línguas horríveis, os poros dilatados, e os olhos saltando fora das órbitas, como se já pertencessem a outro mundo.

(1993)

VÁ, DERALDA

(o anúncio é claro, minha filha, olha aqui: firma de porte internacional, recém-instalada nesta cidade, precisa de secretária português-inglês, boa apresentação, possibilidades de viagem, salário em aberto), está vendo? e você me aparece aqui três dias depois, com esse corpo fino demais, todo desengonçado, nem saber ficar em pé direito sabe, magra, magérrima, você é magra demais, vamos lá que esteja na moda, mas assim é demais, passou do ponto, se o chefe te recebe, nem sei o que pode acontecer, uma fera, você sabe que esses homens são umas feras, aqui não se pode perder tempo, te diria assim na cara: "Você não serve, não tem porte, pode ter mil diplomas, mas não tem porte". Garanto que nunca trabalhou, o físico importa sim e muito. Claro que um tipo bonito, loura, ah se você fosse loura... tem muito mais chances que um tipo esquelético como o seu, (não estou dizendo que você seja feia), mas é preciso se cuidar, adquirir charme e, além do mais, você é muito tímida, me desculpe, quando a gente põe anúncio em jornal, escreve embaixo, você leu?, (favor só se apresentar quem estiver nas condições exigidas), mas aparece todo tipo de gente, assim como você, e, ainda mais, atrasada três dias, (a vida está difícil), sei que todo mundo quer ganhar seu dinheirinho, melhorar de vida, ainda mais quando se tem alguém, como você, sob sua responsabilidade, você pode ser ótima, ter sido ótima aluna, mas isso quantos anos já tem, sua cara não nega, CDF, CDF no duro, garanto que não tirava a cara dos livros, nunca olhou nem para os rapazes, adiantou?, pode falar inglês muito bem, mas e a aparência?, você nunca se cuidou, vê-se logo, a pele não brilha, já usou leite de aveia?, também você se deixou castigar demais, (sei que exijo muito de você), filha única é assim mesmo, não precisa chorar, engula o choro, não dê mais essa vitória, toda firma é assim, em todos os lugares sempre foi assim, a aparência conta e muito, nessa firma então nem se fala, e não vá sair por aí falando em discriminação de cor e de idade, pode ir se queixar até ao papa que não vai dar jeito, você nunca reclamou, nunca teve coragem, fica logo suando nas mãos, vamos dizer que a firma fosse se representar num congresso internacional e lá se ia você, com que cabelo, com que roupa, aquele vestido de cetim velho?, iam rir de você, vê-se logo quem faz os seus vestidos, nunca entrou numa butique, certamente a sua mãe, em cima de uma cadeira de rodas. Sim. Você vai então representar a firma num congresso internacional e, quando chega lá com esse corpo batido igual a uma tábua, o que iriam pensar de nós, uma firma de renome, (está no anúncio, minha filha), como eu ia dizendo, lá se ia uma solteirona com esses óculos de menina de rua, solteirona ainda por cima, resguardando esse cabacinho não sei para quê, virgem a gente conhece de longe, a pele não brilha, e qual o patrão que hoje em dia vai querer uma donzela quando pode ter mil putinhas ao seu lado? Se não deu até hoje, não vai dar nunca mais, e quem viaja com patrão sabe onde dorme?, (estou falando com você, filha!), você está por fora, por foríssima, quem tem posição boa na vida é porque teve de fazer duas ou três concessõezinhas, os escrúpulos vão caindo um por um, (você teve boa formação), a família, foda-se a família, (como?), (a vida ainda tem muito o que lhe ensinar), se você tivesse aprendido alguma coisa de útil, não estaria fazendo o que faz até hoje para sustentar sua mãe, não estaria mendigando emprego nessa idade, sem as mínimas condições físicas. Já se olhou direitinho no espelho? Os pés-de-galinha avançando pelas pálpebras, já? e as mãos? essas unhas grudadas de farinha já acariciaram alguém, alguma coisa mais macia do que essas massas nojentas que você tanto machuca e esfrega, olha para essas olheiras, negras, negríssimas, (caiu no olho? está chorando?), e esse tufo de cabelo escapando do lenço (já tentou alisamento?) e você só o arruma quando vai dar uma olhadinha na rua de tardinha, apreciar os trabalhadores voltando das obras, já pensou em se apaixonar por um deles, garanto, só para ver a bronca de sua mãe. A sorte é que você não é louca, Deralda, deveria mais era ter ido para um convento, tomar conta das órfãzinhas que nem você, aí você ia dar vazão a tanto sentimento guardado nesse peito seco, esse amor pela humanidade, não foi assim que lhe ensinaram?, adiantou?, adiantou?, (fiz tudo isso para o seu bem), uma firma mais modesta, quem sabe, não te aceitaria, e se o diretor gritasse lá dentro pelo seu nome, está suando frio só de pensar nisso, Deralda, também seu nome não ajuda, (você sempre foi tímida demais), como que um pai vai botar um nome desse numa filha, melhor que fosse Elisabeth, *th* no fim, ou Cristina, mas Deralda, (você sempre escreveu bem, tem boa letra), de que adianta escrever bem se chamando Deralda, diga, as lágrimas estão quase explodindo, segure o choro, não dê mais uma vitória, as regras de acentuação e pontuação na ponta da língua não contam nada, os discursos de formatura, tem cara de oradora oficial, (coitada, Deralda, tenho tanta pena de você, pena de estar três dias atrasada, podia ser a sua chance na vida, você merece), vai ver o patrão nem vai ligar para esse tipo desengonçado, (está no ponto, Deralda, conheço pelo cheiro), era o emprego que cairia do céu (açúcar está pelos olhos da cara, minha filha, não dá mais pra viver de sonho, seu inglês ainda deve valer alguma coisa, é só tirar a poeira de cima, e, ó lá você de secretária bilíngüe, isso de tipo e cor é o que menos importa quando se tem talento, enquanto eu estava aqui me acabando de falar, você nem parecia estar me ouvindo, só de vez em quando me passando cada olho, enrolando a merda desses brigadeiros sem me dar a menor atenção, pensei até que você ia cair no choro, mas já estou acostumada, já cansei de procurar emprego pra você, escarafunchando esse jornal de domingo, é que me esqueço de lhe falar e quando vejo já é quarta-feira, também você nunca pede, às voltas com essas tortas, com esses sonhos, enfeitando a mesa dos outros pra depois ganhar uma miséria, que não paga nem as despesas com o açúcar, mas um dia eu morro e aí você vai respirar feliz, pena não ser mãe pra saber pelo que a gente passa, se eu fosse você, ia assim mesmo, que adianta ficar enchendo a cabeça de caraminholas, que já tem três dias, eles nunca acham a pessoa certa tão rápido, já vi esse anúncio repetido três semanas seguidas, sempre esqueço e não venha me culpar por essa sua vida, você sempre teve tudo, do bom e do melhor, mesmo quando eu não podia, carregando roupa na cabeça, mas você lá no inglês, lembra, ninguém sabia mais inglês do que você, quando lhe deram aquela bolsa você não foi porque não quis, eu disse, pode ir, Deralda, pode ir, eu ficava só, não é esse o destino das mães, não é?, já vou chorar de novo e você nem liga, se não peço, você nunca que me tira de lá do quarto, pare de enrolar esses malditos brigadeiros, me olhe, me dê atenção, você sabe o que é ficar calada o dia todo, sem ter nem uma televisão, revirando esse jornal que você só compra aos domingos, sabe?, antes a morte, vá, arrume um emprego, assim vai poder ficar longe de mim o dia todo. Olhe aqui, firma de porte internacional precisa de secretária português-inglês, *boa apresentação*, está me ouvindo, Deralda, está me ouvindo? Vá, Deralda, vá!).

(1993)

ALEA JACTA EST

E agora, Narciso, o que fazer com esta sua vida de merda, aqui neste canto escuro, neste espaço de nada? Eu bem que desconfiava que um dia tudo isso ia acontecer. Você foi chegando sorrateiro, com esses olhinhos de mico, essa cara de sacana, esse corpo minguado. Se achar que a felicidade ainda é possível, até aceito. Um passado como o seu já vem tão pronto que é impossível remediar alguma coisa. E mais ainda esses seus impulsos repentinos, esse jeito miúdo de ser, sua prisão perpétua. Quem vê esses olhinhos apertados pensa logo em almas amarguradas, tristezas de fim de tarde, noites maldormidas. Menos eu. Existem mil e uma possibilidades de se ser Narciso.

Você pode começar por uma infância triste, uma vida se desmantelando aos poucos. Seis anos é muito pouco, eu sei. Não posso fazer nada. Até me entristece. É que não se nasce anão impunemente. O pior foi aquele grito na escola, o apelido que você detestou para sempre. Pode ficar tranqüilo, não vou dizer. Escondeu-se no banheiro, o choro que sua professora nunca conseguiu estancar. E a decisão e o medo, a última vez que se sentou num banco de escola. Ela lhe explicou seu nome, todos explicam, um nome tão bonito, um rapaz tão bonito, plantas à beira d'água, um jovem se mirando num rio.

Nada conseguiu desde então conter sua amargura. Deixou-se então levar pelo acaso. Como eu neste momento. Agora sei mesmo ser impossível mudar alguma coisa. Teria inevitavelmente de ir parar num circo. Aprendeu tudo com facilidade. Só não aprendeu a dominar este seu corpo exigente, cheio de requintes. O que não posso deixar acontecer comigo. E a tiranizar quem de você se aproxima.

E vieram os circos. Muitos. Seus vôos rasantes, seu jogo com os cachorros, parecendo ser um deles. A primeira apresentação foi de palhaço e você chorou depois. Não conseguia achar graça no que fazia. A platéia ria. Que pena, Narciso. Era muita sacanagem o que faziam com você. Deixá-lo o dia inteiro com fome para fazer um número cheio de pratos. Você só tinha mesmo que babar. E a platéia ria, você correndo com suas pernas curtas atrás do mágico de pratos na mão. Seus pulos enraivecidos deviam ser muito engraçados. Desculpe, Narciso. Passe para outro lance. Conte o que quiser. A um anão tudo devia ser permitido. Inclusive o amor e a tirania.

E você se apaixonou. Sempre se apaixonou tão facilmente. Sua vida, esta paixão. Uma artista de circo igual a você. Era a Socorrinho, a que de noite se transformava na vedetinha anã. O maiô dela brilhava, seu shortezinho também. E vocês dois subiam num poleiro imitando um trapézio. Claro que só podiam ir ao chão. E no final aquele beijo de boquinhas grudadas, os braços curtos abertos em agradecimentos. Até que veio o amor. E foram um pouco felizes. As coisas sempre nos chegam pela metade, eu sei. A Socorrinho não gozava. E você a largou só por isso? "A Socorrinho não gozava." Isto é motivo? Sim, tudo é coisa do passado. Mas você gostava do número que faziam juntos com os cachorros. Vestindo camisas de times diferentes. Só no final a platéia os descobriria ali. E lá se iam vocês em meio aos cachorros, dando cambalhotas, saudando com seus bonés de Fla-Flu. Vocês agradeciam e até ficavam contentes. E depois vinha a noite cheia de beijos miúdos e ela não correspondia. Não tenho culpa, Narciso. Até que tento pôr ordem onde você permite.

E depois houve outras paixões. Esta sua exigência fode qualquer paciência. Querer sempre as coisas com um brilho que nem sempre é possível. Ou foi ela que o abandonou? Você largou o circo, passou a odiar os seus iguais. Não adianta, Narciso, não torcerei o seu destino. Até hoje não suporta ver seus irmãos de raça traquinando na TV por alguns trocados. Por isso você preferiu a casa das putas. Também posso achar isso se você quiser. Mas não se abandona uma mulherzinha só porque ela não goza. Com o tempo tudo se aprende, como eu e você neste momento, esta convivência forçada, cumplicidades apenas. Um gozo difícil e, no entanto, aceito. Agora sei que não o deixarei mais escapar tão facilmente. Gosto de saltar por sobre as coisas. Está certo. Depois será o capítulo das putas. Esgote então esse do circo. Não precisa fazer essa cara de infeliz. Andou pelo Brasil inteiro, conheceu muita lona. O mais interessante foi aquele número em que você vinha dentro de uma caixa de surpresas, com pombos e coelhos. O mágico puxava um coelho e vinha você de fraldas, pulando no chão feito um sapo. Não precisa chorar. Assim também me entristeço. Contarei só o que lhe der prazer. Não farei mais isso. Seu nome ainda me inquieta e cheguei a pensar numa história com espelhos. Mas me enganei. Eu nem desconfiava dessas tantas coisas. Não precisa ficar tão magoado. Este seu "foda-se o mundo" me soa falso. Este seu quartinho com tantos rostos colados na parede me sugere calor, não sei, vontade de preencher a solidão. Como eu, que queria apenas contar uma história de um anão que viveu sempre um espaço menor que o de seu próprio corpo e no entanto... Pode pular o que quiser e conte tudo na linguagem que me resta, que nos resta.

Então era na zona mesmo. Você chegou lá e disse apenas

que queria um trabalho. "A dama da noite", que coisa horrível, Narciso, a dama da noite lhe deu uma vassoura, balde e sabão. Era só o que você queria, acostumado que estava a limpar a jaula dos animais. Trabalhava dia e noite e ainda comia as mulheres. E depois arrumava uns tostões servindo cerveja aos homens, ouvindo Orlando Silva e Valdick Soriano. Você é mesmo foda, Narciso. Não perde oportunidade de explorar os outros. Tomarei cuidado. E na casa das putas você viveu tudo o que lhe foi permitido. Para quem vivia na mão, coisa melhor não poderia ter acontecido. E elas se enrabichavam por você. Que linguagem, Narciso! Gamavam por sua melhor parte. "Nisso Deus não foi sovina comigo!" É engraçado você falar assim. Eu permito, embora um gosto amargo na boca. Não deixa de ter certo encanto esta sua paixão por sua parte mais viva. Não vou me comover com seu destino. Prefiro que continue com suas histórias. As putas querendo o dia inteiro ver você nuzinho. Mas você cansa de tudo. Por esse tempo os dentes já estavam caindo e sua careca começava a brilhar obscenamente. Tem ares de poeta esse Narciso. Não fale assim. Quero sua linguagem sem voltas, que pegue você e sua paixão.

E a família nunca quis saber de seu paradeiro. Pudera. Você nunca deu notícias... Só você nasceu assim e sua mãe chorou, mas seu pai não ligou nem um pouco. Não posso fazer nada. Limito-me a contar o que me chega, com alguma resignação. Mas quem segura o fio? Quem doma a vida, ainda mais se for a de um anão? Sim, você nunca deixou de freqüentar as putas. E você ainda agüenta, Narciso? Disso você adora falar. Mas o seu forte só agora eu sei. Tenho outras formas de contar, mas a sua é esta. Aceito a sua vida estreita, e farei tudo para não me deixar prender em suas margens. Pode ser até que nos entendamos. A esta altura quem não gosta de você? Uma curiosidade muito grande sobre o seu destino, quem não tem? Romper o seu segredo. O meu? Essa vontade de ser amado quando diz que todos se apaixonam. Não precisa dizer mais nada, nem se mostrar tão desabridamente.

Então uma putinha se apaixonou por você e resolveu não dar para mais ninguém. Chamava-se Isolina, e era alta e era loura e era linda. Você conta sempre assim? Está vendo, Narciso, se a gente lhe permite tudo? Com ela você descobriu o amor, a primeira a não olhar as dimensões de seu corpo. Ela ficava só com você no quarto mais limpo quando a cafetina dava as costas. Até então você não dava a mínima para os espelhos. Havia um enorme ao lado da cama e pela primeira vez você descobriu que o prazer vinha dobrado. É este o segredo de, na hora final, nos vermos em dobro na imagem que morre, de nos desconhecermos ao alcançar um outro qualquer, do outro lado do espelho? Mesmo que ele seja um anão sem dentes, sem cabelos. Daí em diante você só conseguia com espelhos. Até que ela sumiu e você deu o fora. Sempre fugindo e veio parar aqui, como se eu tivesse a chave de toda sua história.

A um anão velho, sem dentes e de cabelos poucos, só restava mesmo um jardim. A casa de dona Alice. E ela o chamou de Pequeno Príncipe. O príncipe que cuidava como ninguém de suas samambaias. Você ficou e gostava de ver as pernas dela ao tomar sol na piscina. Mas sem espelhos a vida não tem sentido. O caco em que você se mirava para fazer sua pouca barba uma vez por semana não lhe dava as alegrias de antes. Até que um dia você encontrou na beira da piscina um de aumento. Aquele em que dona Alice se olhava para depilar as sobrancelhas. Você o levou para o seu quarto e lá descobriu que ele lhe devolvia tudo em excesso. Gozava agora em cima das mulheres nuas que guardava debaixo do colchão. E o riso delas ficava grudado de você e você feliz, saindo depois de banho tomado, o pouco cabelo penteado.

Essa ruga entre os olhos deve ser medo, Narciso. O mesmo que sentimos diante das coisas que nos escapam. Desde então, começou a caprichar em suas noitadas solitárias, você e seu espelho, este gozo sofrido. Até que, num desses excessos, o espelho se partiu. Sempre se parte. Tenta-se juntar os cacos, mas em vão. Chorou a noite inteira com vontade de sumir no mundo. E acordou com este gosto amargo na boca, igual ao que provamos diante do prazer não concluído. Não vou te matar, Narciso. Bem que poderia. Destino glorioso, impossível lhe dar. Não posso fingir. Poderia, sim, começar tudo de novo e nem dizer seu nome. Ou pegar um desses cacos, estes teus pulsos tão lisos, e tudo estaria perfeito, como antes da criação.

(1993)

OS MESTRES

Comiam de marmita e só podia ser aquilo que os estava deixando desenxabidos, sem gosto pela vida. O mais alto pedia coisa melhor, reclamando do tempero sempre igual. O mais baixo comia em silêncio, nunca sabendo direito o que dizer. Agora amanheciam amuados, o mais baixo sempre sofrendo de fortes dores de barriga, e não era raro o mais alto encontrá-lo ao cair da noite enrolado nos lençóis encardidos. Ele dizia "não se preocupe, apenas um mal-estar passageiro", sem querer dizer que também já estava cheio daquela marmita podre e da sua presença. O mais alto raspou a barba e aquele rosto liso deu no outro uma gastura tão grande que ele passou a noite inteira vomitando.

Durante a manhã, o mais baixo fazia banca, enquanto o mais alto varria a casa, espanava a poeira, que era tanta naquela rua perto do mar. De vez em quando, ele ia espiar o outro falando para suas turmas pequenas de dois, três alunos, entre a quinta e a oitava série. Com o tempo, logo os pupilos se familiarizavam com eles e não era raro vê-los andando pelos cômodos da casa, indo além do banheiro e da cozinha, onde eles sempre deixavam uma garrafa térmica com água gelada. Não gostavam de ninguém abrindo a geladeira. O mais baixo dormia no primeiro quarto, que era como um santuário, cheio de cristais, incensos indianos e livros orientais. O mais alto dormia nos fundos, no que seria um quarto de empregada. Tinham estabelecido uma espécie de código mesmo sem dizerem uma palavra. Jamais um mexia no que era do outro, muito embora o mais alto adorasse o creme de enxaguar do mais baixo e o mais baixo admirasse as camisas de seda do mais alto.

O mais alto preferia trabalhar à noite, quando recebia também seus dois, três alunos para aulas de física e matemática. Eram meninos e meninas do segundo grau, o que lhe dava certa superioridade sobre o mais baixo. Essas disputas vieram à tona sem mais nem menos, jamais souberam por quê. Só podiam ser fruto da comida que os estava deixando de tão mau humor. Mal abriam a tampa da marmita, subia aquele cheiro de gordura vegetal, e o mais baixo, também o mais sensível, tinha vontade de vomitar. O mais alto, afeito a contas e números, parecia suportar melhor. O outro era meio sonolento e sonhador, discreto até com as divisões que faziam com água e luz. Por isso sentava-se muitas vezes na privada para pensar no que a vida fizera com eles. Era triste ver o vinco se instalando na face esquerda, o lado para onde seu riso o repuxava. E a barba embranquecendo no queixo era uma dor muito grande que o outro não parecia partilhar. Ainda bem que não tinham músculos, porque aí a coisa seria pior, ver tudo desabando em fibras sem vida sob a seda mole que o mais alto tanto apreciava.

O mais baixo teve enfim uma crise de nervos certo dia em que o mais alto chutou uma tampinha de Fanta no pátio, enquanto aguardava os meninos do turno da tarde. Só ele se preocupava com a limpeza, arrebanhando as latas de cerveja que o outro vivia soltando pela casa. O mais alto não entendeu aquele rompante e pela primeira vez teve vontade de se mandar. Nunca tinham tido um atrito e olhe que eram anos vivendo juntos. O mais baixo só podia estar doente dos nervos e isso dito em voz alta deixou-o possesso, dizendo que já era tempo de cada um arrumar suas coisas e beijinho beijinho. "E os alunos?", perguntou o mais alto. De que iriam viver se nada juntaram na vida, a não ser aquela pequena fama de bons professores de banca? A verdade, disse o mais baixo, é que cansei dessa vida sem horizonte, de marmitas ao meio-dia e cuscuz seco quase toda noite. O mais alto tomou aquilo como uma indireta e já se via na cozinha preparando quitutes. O outro sabia que, quando ele queria, fazia mesmo do bom e do melhor. Sua precisão matemática aparecia nos pudins e nas tortas salgadas.

Mas não dava mesmo para continuarem juntos. A vizinhança, como sempre, já começava a falar, embora todos soubessem que dormiam em quartos separados. As mães não tardariam a tirar os meninos da banca apesar da boa aprendizagem. O mais alto achou melhor arrumar a mala e se foi numa tarde de muito sol, o que fez o outro pôr os óculos escuros para ver sua silhueta magra se perdendo ao longe pela beira da praia. O mais baixo continuou ali, afinal a casa era alugada em seu nome. De repente parece que ganhou alma nova e pensou em abrir um curso de computação. Mas como, se era o outro o versado em programas e tinha mesmo ido embora?

Preferiu seguir o que sentia por dentro. Comprou um computador mesmo sem entender bulhufas de softwares e disco rígido. Confiou na energia cósmica, era sempre assim que ele pensava. Em menos de uma semana, o outro estava de volta. Sua intuição nunca falhara. E tudo ia de novo bem, aquela vida sem muitos sobressaltos, os alunos voltando e novos aparecendo. O mais baixo era que tinha emagrecido muito nos poucos dias de separação e apresentava umas feridinhas na testa que não queriam sarar de jeito nenhum. Até que veio a primeira golfada de sangue de manhã cedo. O mais baixo sempre fora de saúde frágil. O mais alto um pouco menos. Mas eram tão parecidos que as enxaquecas vinham quase na mesma hora. O mais alto conhecia um remédio tiro e queda, uma folha de hortelã nas têmporas. O mais baixo nunca se dera bem com essa mezinha e dizia que cada enxaqueca era uma enxaqueca. Preferia ficar com os seus cristais, os florais de Bach e recitando mantras em voz alta. Aquela primeira golfada de sangue foi o momento exato em que tudo se rompeu. Que o mais alto estava botando vidro em sua comida, que não era a marmita coisa nenhuma, que sempre comeram dela e sempre foram fortes e saudáveis. Que, depois que ele voltou, nunca mais teve apetite e estava emagrecendo a olhos vistos. Na certa, pensou o mais alto, ele deve estar delirando. Nunca que fosse capaz de moer vidro e pôr na comida de alguém. Foi para o seu quarto nos fundos, sentou-se na cama e chorou. Alguma coisa devia estar se passando no corpo e na cabeça do outro. Tinham dividido tudo irmãmente. Sempre foram assim: primeiro grau para você, segundo grau para mim. Uma vida sem disputas ou suspeitas.

Saiu dos seus cismares cansado, isso por volta do meio-dia, quando a marmita já devia estar pronta. Pensou duas vezes se iria buscar ou não. Sem apetite como estava, e o outro nem pensaria em comer. Dinheiro jogado fora e logo nestes tempos de dinheiro raro. Tomou um banho e saiu pensativo pela rua, vontade de se jogar no mar, de nunca ter reaberto o curso com ele e muito menos aquele de informática que estava dando prejuízo. Melhor ter ficado em sua vidinha no interior. Porque foi uma desgraça (isso ele pensava agora) ter ido à estação rodoviária naquele dia em que o mais baixo desceu para tomar uma Fanta e ele logo viu que suas almas batiam. Depois foram os convites para conhecer a capital, abrir um curso e, quando viu, o tempo já havia passado e ele sendo acusado de pôr vidro moído na comida do outro.

Desistiu de morrer e foi pegar a marmita. A mulher estranhou, já devia estar tudo frio: "Demorou demais, professor". E ele, tentando esconder a tristeza, quase a despachou naquele instante. Voltou andando lentamente e ao abrir a porta deu com o outro enrolado na cama, quase uma da tarde, tiritando de febre. Fosse o que fosse, iria embora. A casa era do outro, que ficasse com os alunos, cada um que cuidasse de sua vida, aquilo nunca teve mesmo futuro. Abriu a marmita e o cheiro forte de pimentão tomou conta da sala e o outro começou a vomitar no quarto. Engoliu com dificuldade e foi andar para saber que destino tomaria.

O outro não podia continuar assim, acusando-o à toa e emagrecendo daquele jeito, uma feridinha nova no pescoço. Era melhor chamar uma ambulância. Ficou internado alguns dias. Quando voltou estava mais esquelético e não falou mais em vidro moído. Já sem nenhum aluno, o mais alto se distraía passeando pelas ruas e só agora notava como havia lixo e garrafas por tudo que era canto. E os muros eram todos enfeitados de cacos de vidro. Nunca vira tanto vidro em sua vida. Sentia que o outro ia morrer, coisa para pouco tempo. Chutou uma garrafa de Fanta com certa piedade. "O que está no princípio está no fim", era assim que dizia o outro com suas filosofias.

(1993)

MISS BRASIL

Ninguém é feliz na casa paterna, muito menos Lila com suas pernas grossas. Lila, a que ia ser miss, proibida de comer doces, sorri agora sem nenhum dente. E os arrotos que dá como se vivesse bebendo cerveja? O pai sempre arrastando os chinelos, "Lila, cadê você?". Era só ouvir aquela voz que ela tinha vontade de comer, de ter bons dentes, esganar um pedaço de carne sangrenta. O porco do pai, o tirano filho da puta, o cão-tinhoso que lhe tirara o sossego. Só Lila sabia cuidar de seus desejos e de suas feridas, satisfazer suas vontades. E agora eram aqueles pestes sempre querendo se aproveitar dela, a mais saliente, a mais bonita de todas.

De vez em quando passa um e se tranca no banheiro. Lila faz um gesto com a mão e as outras sorriem. Dali a pouco o safadinho volta e passa o rabo do olho nas pernas de Lila, a saia sempre levantada acima do joelho. "Essa Lila..." E ela conta a mesma história, que foi miss de quase tudo, rainha da laranja, miss primavera, tinha a cara de Iolanda Pereira, e só não foi miss Brasil porque a mãe morreu, bum, um ataque do coração quando soube que ela não era mais moça. Ficou no seu lugar, cuidando do porco do pai, pai mesmo não, que não fazia uma necessidade sem ter ela por perto. "Lila, minhas cuecas, Lila, o meu mingau", e quando viu já era tarde, perdeu a vida cuidando daquele solha. Perder mesmo não perdera. Só perdeu a esperança de ser miss quando quebrou um dente da frente numa unha de caranguejo. Mas que soube aproveitar, soube, gozar bem a vida, ora se não. Escondida mas gozou.

As amigas não param de rir com as macacadas de Lila. A saia levantada até as coxas, imitando o pai querendo mijar. E sai toda torta, se desmanchando em mil e uma presepadas. E enquanto o jantar não vem, Lila desfila de miss, os joelhos roliços, as varizes comendo as batatas das pernas, os homens se aproximando de mansinho. Mais um desgraçado a lhe fazer propostas, "Lila, minha filha...", se fazendo de pai para ela levar ele até o banheiro, escondidos da vigilante, a saracura das pernas finas que tem marcação com ela. Mas Lila nem está aí. "Minha cama fofinha não perco e minhas pernas foi Deus quem me deu. Me expulsar mesmo não vão." Ela solta no mundo, sem parente nem aderente, sem ter onde cair viva. "Mais bem-feita não havia", ela diz toda empertigada, o nariz grosso para cima, os cabelos espalhados nos ombros. Que gozou a vida gozou, ora se não!

Mas Lila agora sabe com quem vai. Pergunta logo para o atrevido: "Paga um picolé?", que ela não é besta. Melhor coisa não há no fim da tarde, debaixo da tamarineira, na companhia dos que ainda podem caminhar. Quem pode pode, quem não pode se sacode. E dá sua gargalhada. "Direito de escolher, senhora", e mais um sai encabulado, as outras rindo das saídas que Lila tem. Lila e mil amores de que seu pai nunca chegou a saber, nem tampouco dos abortos, nem do filho que nasceu e ela deu prum orfanato. "Tinha os olhos bem assim", ela conta, toda vesga. Recobra a gargalhada solta e conta que conheceu foi todo tipo de homem e que ainda tem os seus segredos de tirar leite das pedras. Os velhos ficam acesos com as conversas de Lila e esperam sempre a noite, a longa noite de mosquitos que eles nem sentem mais. Papai, papai, o senhor vai pagar nos infernos a coroa que roubou da minha cabeça. Ela conta e apavora, filha mais sem coração, as mais pudicas saindo para rezar por sua alma. “A gente perde a vergonha e vai com qualquer um, só de curiosidade.” Os homens se aproximam e começam a puxar por Lila, que não tem grude na língua.

Antes do mingau quente de puba ou do mungunzá morninho, ela desfila mais uma vez e eles batem palmas, as outras se arriscando só para competir, porque sabem que Lila será sempre a vencedora. Todos só querem saber das coxas grossas de Lila para de noite sonhar que voltaram a ser meninos. E Lila cada dia mais bela, com suas coxas grossas. Diz que ninguém é mais feliz do que ela, longe da casa paterna, ainda mais com tanto gavião em cima.

(1993)

SABOR PASTIS

A marquesa saiu às cinco horas pela última vez. Ouvira dizer que isso era a coisa mais banal do mundo, tão banal quanto tomar chá num dos "cafês" de Paris. Porque não tinha realmente sentido uma marquesa sair às duas e meia, por exemplo. Mas até que teria sido sensato ter saído mais cedo para as últimas compras. Não havia felizmente mais nenhum marquês em sua vida e a família estava bem distante, podendo sair quando bem entendesse. Desiludida com os tempos modernos em que nem a Sorbonne soubera se manter dignamente, o melhor mesmo era partir de uma vez por todas e renunciar à nobreza que ela mesma se dava ali. Paris não era mais Paris. O socialismo se apoderara do poder e fizera das suas. Nunca vira tantos mendigos no metrô. Não entendia como um povo podia se enfraquecer àquele ponto. Nunca perdoara o maio de 68, o começo de tudo, De Gaulle *coincé*, encurralado, um vexame. Acompanhara todos os acontecimentos e os vivia mais profundamente que os de seu país. O bulevar Saint-Germain devastado era o seu coração. De uma coisa, porém, ela estava segura, capaz de lhe dar ainda um certo ar de nobreza: poder sair às cinco horas. A vida tem seu lado duro mesmo para marquesas que, apesar do dinheiro, não têm como em sua terra pensar em sair à sua hora.

Desceu as escadas do metrô e pegou a direção Châtelet. Claro que ninguém a olhava, apesar da boca pintada além da linha dos lábios e do chapeuzinho de filó caindo sobre os olhos. Um absurdo terem acabado com o privilégio da primeira classe, onde sempre viajara clandestinamente. Por sorte nunca um fiscal lhe pedira o bilhete. Indignada com um moreno com cara de árabe, mudou de lugar várias vezes, ofendidíssima. No peito, um abafamento de indignação e horror, de como mesmo em Paris a vida tinha se deteriorado. Os sacolejos do trem, o vaivém continuado, o cheiro ruim dos franceses (o que ela jamais aceitara em povo tão fino) abafando o seu Chanel nº 5, tudo a deixava mais desgostosa e com a sensação de que nunca mais voltaria a Paris. Parecia mais estar num daqueles ônibus de sua terra que faziam a linha da praia e não no Bourgogne—Austerlitz. Só então ela teve certeza de que, nos tempos de hoje, marquesas não deviam sair mesmo às cinco horas, mas um pouquinho mais cedo para evitar aquele desespero. Respirou fundo quando saltou para fazer a conexão e seguir na direção desejada. O que ainda era muito bom era andar assim anonimamente, sem outras marquesas por perto, em situação tão vexaminosa quanto a sua, num vagão de metrô. O mesmo aperto, a mesma disputa por um lugar e logo logo estaria no destino certo.

Foi um alívio quando saltou e tomou o corredor de saída, antes olhando para todos os lados, um hábito que jamais largaria. Ao sair da boca do metrô foi que se deu conta de que estava ainda em Paris, sem ninguém vigiando seus passos. Aquele ar de outono sempre lhe fazia bem, coisa que não existia lá nos Trópicos. Ou chuva ou sol. Entrou pela rua Saint-Denis e escandalizou-se mais uma vez com a quantidade de porno-shops. Sentia-se desejada sob seu chapeuzinho orlado de filó e teve uma vontade enorme de entrar num daqueles cinemas. "Contenha-se, Clotilde." Aquele ar de libertinagem discreta, escondida sob pesadas cortinas, lhe dava arrepios. Do jeito que estava, nem as suas amigas a reconheceriam. Venceu, por fim, a tentação e entrou numa loja de bricabraque para comprar suas últimas lembrancinhas. Depois seguiu para o Marais.

A marquesa conhecia Paris como a palma de sua mão. Logo desembocou na rua que procurava. Era lá mesmo onde ficava a butique que lhe tinham recomendado. Por fora era uma casa triste, mas por dentro era uma loucura de móveis antigos, de todas as idades. Não tinha ido comprar nada. Fora vender uma jóia que não tivera coragem de pôr no prego da Caixa. Ali venderia por um bom preço e não seria humilhada por tupiniquins, que só viam o peso do ouro, desprezando o trabalho do ourives. E ainda levaria de volta moeda forte.

O homenzinho a atendeu todo gentil. E ela mesma disse o preço, escaldada que já estava de ter visitado tantas casas iguais àquela. O preço não era o problema, disse o senhor já não tão gentil, examinando mais a marquesa que a jóia. Ela se informara de tudo para não ser passada para trás e falara no mesmo tom do homem para não perder terreno. Com um esforço medonho para dominar o sotaque, ela explicou que estava se desfazendo de tudo para partir, ia para um país onde a vida era um carnaval, onde nunca houvera governos socialistas a querer taxar grandes fortunas. O homem falou "Brésil" e ela confirmou com um balançar lento de cabeça e olhos semifechados. "C'est ça", completou a marquesa, agora com aquele timbre que jamais negaria as suas origens. Ia embora, abandonar sua "douce France", a sua França querida, que estava se abastardando tanto. Quando chegasse a hora fatal, com milhões de pobres pelas ruas, ela estaria longe ou morta. O homem disse que não, não podia ficar com a jóia sem o certificado de origem e garantia. Ela então sentiu seu sangue nordestino correr quente pelas veias e falou, no seu francês mais sofrido, em herança de família, um século atrás do outro, dos primeiros portugueses, a história, a tradição. Mas o homenzinho era mesmo irredutível, "ça alors", como ela diria para si mesma, e despachou-a de tal jeito que ela quase bate a testa na porta. Saiu esbaforida, ajeitando o filó que o ventinho de outono entortara. Logo recobrou a calma, não ia estragar suas últimas horas em Paris. Contou os francos que lhe restavam e tomou a direção dos Champs-Elysées, o metrô ainda mais impraticável àquela hora. Retirou o chapéu e guardou-o na bolsa.

A noite caía agora cada vez mais cedo, a cidade se iluminava e ela estava com sede. Não bebia refrigerante, preferia sentar num dos "cafês" e ficar bebericando seu copo de pastis, intragável em sua terra. Mas Paris era aquele gostinho azul que lhe ficava na língua, único, inconfundível. Nada a ver com os sucos de mangaba e jenipapo que lhe soavam tão subdesenvolvidos, nem gostava de lembrar. Sentou-se protegida pela vidraça, já sentindo saudade daquilo tudo. Meia-noite estaria zarpando em direção ao Terceiro Mundo. O "Brésil", ali não conseguia pensar Brasil, era distante demais, longe da verdadeira civilização, sem chás e sem nobreza, onde negros e pobres dançavam na avenida e ainda eram aplaudidos. A sorte que lá podia ter quantas empregadas quisesse e pedir que a chamassem até de rainha. Claro que não era a mesma coisa morar na sua avenida sem árvores e sem luzes ou nos Champs-Elysées, por mais sol que tivesse à sua disposição. Preferia as brumas.

Os cafés começavam a se encher de gente bonita, tudo dourado, as luzes davam à cidade aquele ar de luxo continuado. A lembrança de Joãosinho Trinta acabou com seus devaneios. A marquesa se indignava com a terra onde luxo era coi sa de três dias, assim mesmo um luxo falso de rainhas de lantejoulas. Lá também nunca poderia tomar um chá sem ensopar suas blusas de seda de suor. Sentia-se sem coragem de pensar que dentro de algumas horas estaria de volta a sua cidade suja e pobre, de gente faladeira, depois daquele *séjour* tão lindo. Sabia que era o último, o último gole de pastis que tomava em sua vida. Deixava o líquido se espalhar pela boca e engolia com um aperto na garganta. Mas a vida era assim mesmo. No hotelzinho de Montmartre onde ficava, gerente e criadagem nunca deixaram de ser gentis e generosos. Só a chamavam de marquesa, ela pedia brincando, porque em Paris ela se sentia uma marquesa, para poder sair sempre às cinco horas.

(1985)

OLHOS DE FOGO

Eu tive medo, minha mãe, eu sempre tive medo daqueles olhos de fogo me olhando no escuro, primeiro na estrada, depois em minha cama e a senhora dormindo inocente como se nada estivesse acontecendo, ele vindo manso como mansa surgia na curva a sua máquina naquelas noites tão pretas e quando eu via, ele já estava enrolado nos meus lençóis, os malditos lençóis que eu esfregava tanto na beira do rio pra ver se tirava aquelas marcas nojentas que depois se espalhariam pelo meu corpo e a mania que me ficou de tantos banhos por dia e que a senhora nunca compreendeu, porque eu ficava suja dele, minha mãe, toda enlameada de seu visgo quente expelido com seus bufos e apitos como se eu fosse o seu poço de agonia, ele, nas madrugadas, tudo em silêncio, porque ele me obrigava a morder o travesseiro, minha boca seca de raiva e de um prazer distante que aprendi a tirar tempos depois quando nada mais era possível, nossa vida sem remédio, sem noites bem-dormidas, as de frio, então, de chuva caindo grossa pelas biqueiras da casa, eu, lá dentro, ensopada dele, do inverno e da solidão campeando no escuro quando ele me largava no quarto e da porta me olhava como se fosse os dois holofotes de sua máquina rasgando a escuridão e eu querendo que nunca mais amanhecesse porque só assim eu estaria escondida do mundo e da senhora, mas era logo o sol pelas brechas do telhado e lá vinha ele todo engomado pra mesa, a roupa sem uma ruga que a linha não queria maquinista de roupa amarrotada, mais uma das tiranias dele com a senhora e eu via seus olhos inocentes, minha mãe, me olhando como se nada de mau estivesse acontecendo entre nossas paredes enfumaçadas pelos candeeiros, seus olhos sem nenhum brilho, a catarata cobrindo tudo, eu desviando a vista porque já não suportava o seu olhar seco que não sabia que eu roubara o seu homem, mas sem querer, minha mãe, aí eu pousava meus olhos sobre o moringueiro e lá estava a gravatinha preta, o gorro que ele punha como coroa de rei e eu doida para pôr um fim naquilo tudo, mas sem saber como, se a gente não tinha um vintém na bolsa, com ele, pelo menos, tínhamos o pão de cada dia, a senhora tão envelhecida, sem pouso nem mesa, por isso eu agüentava tudo e quando disse a ele que se nos abandonasse eu ia cair no mundo de vez, acho que pela primeira vez ele me olhou com carinho de pai e um cafuné se perdeu por entre os meus cabelos e sua voz sem nenhuma rispidez falou que não, que mais tarde ia montar casa na rua pra nós duas e cuidar de meus dentes, me dar um de ouro, e cuidar de sua vista que, a cada dia, perto dos olhos de fogo dele era uma mancha no mundo e eu acreditei, não tinha outro jeito a não ser acreditar, o tempo passando, eu me botando corpo de moça, ele sempre mais e mais nojento me fuçando perto de seus olhos inocentes, minha mãe, sem pressentir o roubo que eu lhe tinha feito, e o desgraçado já ia direto pro meu quarto, até que sem nenhuma palavra a senhora transportou as coisas dele pra minha cômoda, afastando para um cantinho meu rouge, meu batom e as fitas coloridas, o luxo que eu exigi dele, e só então eu percebi que a senhora já sabia de tudo há muito tempo, quanto nojo, minha mãe, aquela coisa dependurada na parede, a funda que ele usava sem eu saber, os escarros nos meus ouvidos toda vez que a chuva cai, as exigências se redobrando porque ele não perdoava o meu corpo ficando fornido, o benzadeus das minhas carnes, e me botava de tudo o que era jeito como se eu fosse cachorra, lembrando da primeira vez, que era pra não me prejudicar, o cão falou, e eu deixei e agora deixo tudo porque ele me amarra na cama e põe um pano na minha boca que é pr'eu não morder a língua, deixo ele fazer o que quiser e ele vem como se estivesse pondo lenha na caldeira de sua máquina e eu me ardo toda, as veias queimando de desespero, vontade doida de sair pelo mundo, pular essa janela e me jogar nos trilhos quando ele vier passando, porque cair na vida eu não caio, comer da banda podre eu não como, por sua causa, minha mãe, por que esse olhar de pena se a senhora nem sabe da faca debaixo do travesseiro e eu que esperei tanto essa hora, ele, na hora do gozo esbugalhado, sendo rasgado de um lado a outro, e, depois, eu no quarto da senhora, mãe, matei o seu homem, e a senhora nem se abalou, pôs o xale na cabeça assim que o sol nasceu, apertou os olhos, e foi lá que eu soube de tudo, de seu consentimento desde a primeira noite, porque um homem como ele não se contentava mais com uma puta velha quase cega e o primeiro frasco de cheiro que ganhei foi a senhora que mandou ele dar e eu ouvi sua voz dizer sem medo que era a senhora que devia ser presa e não eu, que minha culpa era nenhuma, minha cabeça ficando tonta e que eu não podia ser mulher-dama como a senhora, minha mãe, me abrindo pra tudo que era homem, na minha idade eu podia refazer a vida, aí me separaram de você, eu indo parar naquele lugar da peste onde acabei de me perder de vez, onde não me mataram porque me fiz de valente e o tempo me deixando seca de saudade, sem saber por onde a senhora andava, seus olhos quase cegos e eu sem poder fazer mais nada, mas agora estou tranqüila, sua mão segurando a minha mão, sua roupa tão branca como nunca vi, me botando roupa limpa, esse vestido prendendo meus braços para trás, não sei por quê, minha mãe, só porque dei pra ver tantos olhos de fogo no escuro apitando na curva da estrada e eu grito de medo porque meus ouvidos não agüentam tanto apito, só por isso, minha mãe, a senhora em conversinha com esse homem tão limpo com esses olhos de fogo me prendendo assim desse jeito, porque minha cabeça, meu corpo sobre essa cama e ele querendo escorrer suave por dentro de mim, me botando de bruços, uma picada tão fina que nem machuca como ele me machucava, mas que tanto me entontece, que sempre me entristece, minha mãe.

(1981)

NÁUFRAGOS

Eu me aproximo dele e meu coração esfria. Tento alisar sua cabeça, nunca encontro. Míngua de repente. O corpo se resumindo numa poça d'água gelada que logo rejeito. Então desisto e saio tateando o espaço. A voz sumida. Seu nome pronunciando baixinho. Não é ele a quem procuro. É a um outro que se perdeu há muito tempo. A casa vibrando, cheia de vida. Minha mãe (ou minha irmã?) cantando nas tardes frescas da varanda hoje abandonada. Meus irmãos traquinando sob um olhar que não consigo refazer de quem. Da cadeira de balanço, dois olhos querendo localizar-me. Inútil. Resta apenas meu vulto mal delineado. Nada sei de nomes, de idades, nem que tipo de sangue nos reúne nesta casa imensa. Soltos na escuridão, sentimo-nos mais distanciados que de costume. Lentamente a cadeira pára de gemer, ficando nos ouvidos o silêncio incômodo de uma voz fria pigarreando no escuro. A minha voz ou a dele? Meu peito parece vazio. O coração, uma bola furada. Até meu corpo tornar a amanhecer, terei girado milhões de vezes em torno das mesmas e poucas lembranças. Os mesmos sonhos terão se repetido. É para isso que me dirijo. Penso que ele já adormeceu.

Afasto-me em silêncio para não assustá-lo. Para não ter de suportar seus passos ocos por toda a madrugada. No quarto, a última vela espera por mim. Todas as outras já foram queimadas e nem me dei conta disso. A que sobrou, por acaso, parece procurar seu dono. Lamento repetidas vezes essas escolhas arbitrárias do tempo. Esse jogo que se realiza à revelia dos participantes. Não suporto tais momentos quando sozinho. Volto à sala para procurá-lo. Não o vejo. Temo haver ainda um pouco de luz sobre seu rosto. Retorno ao quarto e apago a vela para poder despir-me. Não suportaria minha nudez exposta à claridade. Sento-me no colchão. Trêmulo. Como ultrapassar momentos tão difíceis? Cheguei a eles sem a devida preparação. Sem a devida aceitação que se aprende tão facilmente por aí. Tranquei-me demais. Não quis tomar conhecimento do que ia acontecendo aos outros. Quantas vezes eu quis dirigir-me a ele, perguntar como não me tornar igual aos seus gestos, aos seus passos. E a coragem? Não pensava jamais alcançar este lugar ao seu lado. Existirmos sob o mesmo código indecifrável. Só o silêncio roendo-nos por dentro e por fora. Como aceitar essa sobra incompreensível a que fomos relegados, sem a permissão sequer de nossos pensamentos?

Há dois pedaços da vida que ainda alcanço com alguma facilidade. A varanda de madeira cheia de plantas e uma voz de mulher que se mistura com outras que passaram por mim. Uma hora, é a voz de minha irmã que fala pelo corpo de alguma amante; logo depois, já é a de minha mãe que se dilui numa mulher chamando-me em qualquer esquina. O que há de real é somente uma voz, uma varanda. Minha presença é puro tempo. Quando me sinto, são as pontas finas do colchão de capim castigando-me a pele seca. Sobressalto-me. Um grito me faz erguer a cabeça. Não sei ao certo de onde veio. Espinhos furavam-me os pés. Ouço a cadeira de balanço e creio num sonho partindo dele para terminar em mim. O suor escorre-me pelo rosto. Os braços pesam. As pernas me forçam a ficar onde estou, o corpo todo dolorido. Pouco a pouco, vou descobrindo o telhado, os caibros escuros cheios de pucumãs. Minha visão se acalma. Penso ter recuperado a vista por completo. Pura ilusão. É dia bem claro. O sol alto. Nem sei mesmo se dormi.

A cômoda, a bacia de água, o armário sem portas onde jogamos a roupa imprestável. Felizmente o tempo se encarrega de abreviar os nossos sentidos. Desde quando não sabemos o que é uma limpeza de casa? Da última vez que veio uma mulher fazer isso, confundimo-nos diante dela. Não sabíamos dizer qual de nós dois a tinha contratado. Por falta de decisão, ela se foi para sempre. Depois vieram as recriminações. Um querendo estraçalhar o outro com os últimos restos de palavras a que temos acesso. Veio a separação definitiva. Jamais pedir ao outro o que ainda fosse possível fazer sozinho. Mesmo quando vemos o esforço superando a capacidade real de nossas pretensões, fingimos nada ver. Um pigarro substitui a ajuda e um par de chinelos se afasta para bem longe. Nossas bocas vazias parecem zombar indefinidamente um do outro. Nossas mãos não se estendem para um gesto de compreensão ou carinho. Aprendemos a nos levantar ostensivamente, mal o outro caminha em nossa direção. No inverno, confundimos as lágrimas de verdade com as que o vento frio nos traz. O vidro da janela está sempre quebrado, sem o papelão protetor. A certa hora do dia, encontro-o ali encostado, olhando a rua, impassível. Sei do seu rancor, do seu ódio acumulado. Toco no seu ombro. Não se volta, nem se dá conta da minha presença. De repente, sinto-o passar por baixo do meu braço ainda erguido. Não consigo barrar-lhe a passagem. Sem me olhar, dirige-se à cozinha. Vem à lembrança a faca sobre a mesa. Espreito-o de longe. Chego de mansinho. De costas, não me deixa ver o que tem na mão. Vira-se lentamente com a caneca de ágata erguida, bebendo o café gelado. Sobre a mesa, restos de pão, biscoitos quebrados. Encosta-se à porta do quintal, bebendo gole por gole o café feito ninguém sabe por quem. Fico um pouco atrás dele, contemplando mudamente o sol andando. Quando a lagartixa corre, é hora de voltar para dentro. Nossos olhos doloridos sem poder enxergar os poucos móveis que nos rodeiam. Um dos dois tropeça. Depois eu sinto que sou eu quem está no chão ao desamparo. Levanto-me com sofrimento. O que leva tempo.

Durante o resto do dia, não trocamos palavras. Limitamo-nos a observar a réstia do sol marcando as horas lentas. Nossas vidas estiradas num cansaço medonho. Quase não nos lembramos de comida. Também já não podemos mastigar quase nada. O que não esquecemos mesmo são as pomadas e os remédios. A vizinhança pouco se incomoda com a nossa existência. As janelas estão sempre fechadas. Tampouco abrimos as nossas. À noite é que a porta dos fundos se abre. Um gato entra para alargar mais as distâncias. Começa uma luta demorada para ver quem receberá os carinhos desse bicho que nos vem dar notícias do mundo. O vitorioso sai para o lugar de costume com o troféu encostado no peito. Eu, para a cadeira de balanço. Ele, para o colchão de capim. No outro dia é que sabemos quem venceu. A marca de sangue escuro no pijama. O braço lanhado. A marca sangrenta é o riso da vitória que faz o outro virar as costas rancoroso. A única ligação com o mundo lá de fora é, ao mesmo tempo, a pedra em que tropeçamos. O que nos obriga a olhar o corpo do outro e descobrir os sinais de nossa destruição. Quando o gato se vai, a luz da lamparina está quase no fim. Então ele se aproxima de mim e meu coração esfria. Tenta alisar minha cabeça. Nunca encontra. Mínguo de repente. Meu corpo resumindo-se a uma poça de água gelada que logo rejeita. Desiste e sai tateando o espaço. A voz sumida. Meu nome pronunciado baixinho. Não sou eu a quem procura. Mas a um outro que se perdeu há muito tempo. A casa vibrando, cheia de vida. Minha mãe (ou minha irmã?) cantando nas tardes frescas da varanda hoje abandonada. Meus irmãos traquinando sob um olhar que não consigo refazer de quem. Da cadeira de balanço, dois olhos querendo localizá-lo. Inútil. Resta apenas um vulto mal delineado. Nada sei de nomes, de idades, nem que tipo de sangue nos reúne nesta sala escura. Soltos na imensidão, sentimo-nos perdidos, nenhuma terra à vista. Lentamente a cadeira pára de gemer, ficando nos ouvidos apenas o silêncio de uma voz fria pigarreando. A minha voz ou a dele? Meu peito parece vazio. O coração, uma bola furada. Até meu corpo tornar a amanhecer, terei girado milhões de vezes em torno das mesmas e poucas lembranças. Os mesmos sonhos terão se repetido. É para isso que me dirijo. Ele pensa que eu já adormeci.

(1981)

BOA NOITE, DONA ISABEL

"Boa noite, seu Pacheco."

O cumprimento tão demorado deixou nela um entorpecimento que não sentia há tempos. Desde que o finado se fora, o mundo perdera o sentido para ela. Não existia. Vinham as amigas com indiretas, mas muito tempo depois, já de luto aliviado. Falavam de um modo tal que a deixavam encabulada. Moças sabidas as de hoje em dia... Mas tudo aquilo não passava de destroços de um tempo que não fazia mais sentido para ela. E como se preocupavam com o seu estado de viuvez antecipada! Mas tinha três filhos para educar, bastava isso para lhe encher o tempo e a cabeça. Dívidas e mais dívidas, graças a Deus, todas terminadas. E nem tivera tempo de pensar em homem. Homem mesmo só o finado. E entrou para tomar um copo d'água, sentindo na cintura um aperto que não era da roupa tão folgada...

"Meu Deus, que calor! E nem faz tanto tempo que choveu..."

Dirigiu-se ao mais velho, esperando a confirmação que não veio. Parecia absorvido nos estudos. Mal levantou a vista do caderno, mais para pensar que para dar uma atençãozinha. E viu os olhos dele num deslumbramento de namorada. Ainda quis falar, mas ele podia ficar atrapalhado. Tão estudioso!

Abanando-se, voltou para a sala para pegar uma revista de histórias de amor. E levou nos olhos a visão do filho já rapaz. Nunca atentara no buço que estava dando ao seu rosto um ar tão do finado... No peito, palpitava uma satisfação de mãe realizada, bem perto do futuro cheio de netos. Verdade. O filho já estava um homem. Como nunca tinha reparado nisso? Começou a investigar com a mente o corpo do filho, os fios de cabelo que já devia ter no peito. Um homem. E numa idade bonita. O olhar decidido do avô. Um homem! E ia ficar muito bonito.

Abana que abana e o vento não se decide. Melhor largar a revista e tomar uma fresca na porta. Apanhou uma cadeira, as pernas afastadas, um amolecimento no corpo, o suor escorrendo pelas coxas grossas. Vontade de conversar com alguém. Não. O melhor mesmo era entrar, ligar o rádio e ouvir o programa sertanejo.

... ô que légua tão tirana...

Comprida mesmo essa estrada. Tanto tempo desde a morte dele. A música que mais gostavam de ouvir juntos. Sacudiu a cabeça afastando as lembranças. E a vida tinha se embolado aos seus pés como cobra venenosa. Mas até que fora forte. Venceu tudo sozinha. Os amigos do sindicato vinham de vez em quando com uma ajuda, mas só no começo. Depois tomou a dianteira do barco. E ali estavam os três, crescidos, no melhor colégio. Nunca nenhum homem lhe deitara um olhar como o de seu Pacheco e seu boa-noite. Será que naquela idade, não é possível, meu Deus, tem mais é que rezar...

... inda hoje eu via Ana...

Desligou o rádio, foi até a janela. O busto polvilhado de tapioca encostado no batente lhe deu uns arrepios, uma tonteira, que se não se segura, adeus chão.

"Boa noite, dona Isabel."

É hoje o dia! E que jeito quando falam... Parece que

querem arrastar a gente pra cama. Deve ser o calor que deixa todo mundo alto. O melhor mesmo era tomar um banho, dormir junto à fronha fresquinha, mas sozinha, claro que sozinha! Pensamento mais bobo. E começou a se encher de recriminações ao mesmo tempo que se deixava invadir por umas coisas que não estavam mais de acordo com a sua idade. Mas até que não era tão velha assim. Filho mais velho pelos quinze anos, pensava, alisando a pele vermelha do pescoço, sacudindo com os dedos o suor grosso, as bolinhas de tapioca escorrendo por entre os seios. Antes do banho ia ver se achava alguém para uma prosinha, receber algum ventinho gostoso. Iria chamar os outros dois, que deviam estar se danando no morro de areia branca.

"Boa noite, seu Olimpinho."

O melhor mesmo era entrar de vez. Bater uns pregos naquela janela amaldiçoada. Parece até que estão falando com uma puta qualquer! E veio-lhe peito acima uma indignação por ter se deixado invadir por aqueles cumprimentos tão indecorosos. Os homens não podem ver uma mulher com roupa mais decotada! Fossem procurar outra pra se enroscar. Nela não, violão. Mas tinha que ir chamar os meninos que era hora de ir pra cama. Se fossem como o mais velho, não teria problemas nunca. Estudioso... Por ele dava a vida se preciso. Um rapaz. Como só agora fora perceber? Veio-lhe uma curiosidade intensa de ver o seu corpo, descobrir segredos que ele parecia esconder na vista baixa. E pensar que já fora um bebê, dera-lhe banho, pegara parte por parte de seu corpinho sem nenhum pejo, e agora, um homem.

Aproximou-se da mesa, puxou uma cadeira. Na toalha de crochê, o dedo carnudo penetrava nos buracos. Era como se ela não tivesse chegado. Não levantava a cabeça. Tão estudioso! Um homem! A cabeça bem-feita, os cabelos lisos caindo-lhe nos olhos, nunca mais passara a mão naqueles cabelos!

"Já tem namorada, Orlando?"

Melhor não atrapalhar o raciocínio. Matemática. Nunca teve queda pra matemática. Só até o quarto primário, desistindo logo nos carroções complicados. E ele tão aplicado, tão inteligente. Já devia ter namorada, sim. O pescoço grosso, o nó na garganta. E nem sabia direito como era a sua voz.

"Quer um café, Orlando?"

"..."

"Não sei passar sem café."

"..."

"Também num calor desse... Se quiser faço uma limonada."

"(!)"

"Acho que estou atrapalhando."

Afastou a cadeira. Ainda de pé, tamborilando os dedos na mesa:

"Se fosse mais moça, ainda ia aprender piano."

Mas está velha. Se não estivesse, ele teria dito alguma palavra de animação. Tudo tem uma idade pra se aprender. Tudo. Puxou a saia grudada nas entrepernas, o calor nas carnes quentes derramando água, o verrugão na coxa latejando.

"É. Um banho não faz mal a ninguém."

E sem olhar para trás, o corpo todo bamboleando, sentiu como se tivesse na nuca um besouro cravado.

(1981)

DIAS DE JÓ

Porque a vida também era feita de pequenos prazeres: uma marca nova de sabonete, um novo xampu, um novo desodorante. E os dias se passando por entre perfumes novos, banhos longos, o prazer da espuma cobrindo o corpo. E depois, o talco de criança enevoando o banheiro, criando uma atmosfera pura. Isso também era prazer. Joventina vivia agora dessas pequenas coisas entremeadas com um cálice de vinho do Porto aos domingos, depois do ajantarado. Viver sozinha não lhe doía tanto quanto ver crianças abandonadas pelas calçadas. Por isso, carregava em sua bolsa moedas e mais moedas para aliviar o coração e o mundo. O Rio não era mais o Rio. Quando chegara, nada temia. O Rio mudara tanto. Tanto, tanto, tanto. Mas ao norte nunca quis voltar. "Jó", escrevia sua mãe, "minha filha, volte. Aí é muita violência, sua terra está tão diferente, peça transferência e volte." Mas Jó nunca quis voltar. O casamento que esperara encontrar no sul não viera. O mal que lhe fora feito foi para sempre. Mas, apesar de tudo, Jó gostava do mundo. E fazia poemas assim enquanto via os dias da juventude se indo: "Triste, triste, solitária vivo, à espera de ti, enigmático amor". O amor não veio e, aos poucos, ela foi abandonando os poemas. Foi viver de coisas mais simples. O mar visto da janela, quadros no museu de arte, filmes antigos. Filmes modernos, pouquíssimos. As mulheres se colocaram contra as mulheres, escancarando suas intimidades nas telas. Preferia rever filmes com Greta Garbo, Ingrid Bergman. Quem das novas gerações conhecia *Rainha Cristina*?

Jó vivia a pobreza dos anos em sua quitinete de Botafogo. Até que descobriu os pequenos tesouros. As descobertas diárias. Passeios pelo calçadão da praia, uma água-de-coco bem gelada, enquanto observava os homens que não a observavam. "Sou uma rejeitada", pensou muitas vezes antes de aceitar o destino. "Rejeitada fui, rejeitada fiquei." Ainda quis desenvolver a frase num longo poema sobre a solidão. Mas, os poemas, há muito ela os havia abandonado. A frase servia de refúgio quando se sentia ameaçada pelos beijos de algum casal. Os jovens de hoje pareciam querer se engolir na via pública. Durante toda a sua vida fora beijada apenas uma vez. Jamais poderiam descobrir como pudera ter dado seu passo em falso, nem quando, nem com quem. Preferia esquecer. Lembrar mesmo só das flores, ela pensava, alisando os cabelos cortados rentes à nuca. As rosas que o chefe um dia deixara sobre sua mesa, sem ter nem pra quê.

Jó viveu essa primeira riqueza com todas as suas forças. As flores murcharam no vaso e ela tentando prolongar-lhes a vida, colocando comprimidos de aspirina na água renovada. Mas as rosas morreram. E Jó ficou triste por uma noite inteira porque a beleza era por demais efêmera, Jesus! As pétalas caídas sobre a toalha ela guardou na caixa de jóias. Quando todas as manhãs ia tirar uma pulseira, um anel, olhava as pétalas secas e sorria. Ainda quis ficar comprando rosas. Mas se presentear com rosas é muito triste, pensou. Melhor ganhálas. Havia agora a esperança de um dia qualquer reencontrálas em sua mesa. Afinal o mundo não é tão ruim quanto se pensa, ela se dizia arrumando as roupas íntimas na gaveta da cômoda. Outro dos seus pequenos prazeres. Porque Jó era muito caprichosa ao comprar suas roupas íntimas. Pena que as anáguas haviam desaparecido. Gostava de uma anágua fina, mas os tempos tinham evoluído. Uma saia mais transparente e lá estavam vendo o contorno de suas calcinhas. Ela não gostava dessa palavra. Não tinha coragem de entrar numa loja e pedir calcinhas. A palavra soava a indecência, perpassada de cheiros e humores. Gostava de lingerie. Ou roupas brancas, simplesmente. Calcinhas pretas, jamais. Devassidão, loucura! Porque só as usava brancas mesmo, que a deixavam composta, nada daquelas transparências que nem davam para cobrir as carnes. Abria as embalagens, experimentava a peça nos dedos, deixando-a escorrer pelas mãos para sentir a textura. Era bom sentir depois a doçura da seda deslizando coxas acima num suave aperto na cintura. Só então Jó sentia-se composta. Era uma mulher composta, com muitas mágoas da vida, mas conhecia também seus momentos de felicidade. Como na hora dos banhos noturnos. Um sabonete novinho, as torneiras abertas cobrindo-a mansamente com sua mornidão. Jó gostava de sua temperatura. Uma mulher morna que conseguia segurar a vida em todos os instantes. Mesmo quando as espumas subiam e as mãos desciam pelas coxas grossas. Chegava a se benzer. Jó, cuidado com as tentações! Os limites do corpo, os limites do espírito. O corpo solto na água era o perigo maior. Os dedos escorregadios querendo varar superfícies úmidas. A sorte que Jó era atenta. Antes que a coisa se complicasse, erguia-se ríspida, puxando a toalha, enxugando-se com força.

Às vezes, depois de um dia triste, vinha a vontade de não se poupar mais. Isso de tempos em tempos, quando a vida lhe parecia reduzida a um ônibus pela manhã e outro pela tarde. Quando perdia as esperanças de rosas sobre a mesa. Foi num desses dias que quase perde o controle. O dedo escapulindo, enveredando pela genitália úmida. Era assim que Jó dizia quando ia ao doutor para os seus preventivos semestrais. "Tudo bem com a minha genitália?" "Tudo bem, dona Joventina, pode espaçar mais os exames já que a senhora não tem vida sexual ativa." Mas Jó não espaçava. O medo de algum caroço desenvolvendo-se no escuro, de ter pegado alguma doença nos sanitários públicos. Gostava de visitá-los. Entrava às vezes só para chorar. Enquanto chorava, lia frases indecentes, via desenhos imorais. Imoralíssimos. E o pior: feito por mulheres! Só em ver tanta loucura, esquecia o choro, as lágrimas enxugando no lencinho, refazendo a maquiagem. E saía com medo. Muito medo. Queria pedir logo nova consulta. Ao pensar que teria de novo aqueles ferros enfiados em sua parte mais secreta, suava frio. Nos dias que antecediam os exames, tomava calmantes. Tomava calmantes e telefonava para o chefe: "Mais uma de minhas enxaquecas". O que gostaria mesmo era de gritar: "É que hoje é o dia do meu ginecológico!". Ninguém jamais poderia saber que, numa tarde qualquer, ela estaria de pernas abertas em cima de uma cama, um homem devassando sua carne áspera.

Jó sofria. Não tinha com quem repartir suas tristezas. Até que vieram as rosas. Os fins de tarde nos sanitários públicos não foram mais para chorar. Sentava-se calma no vaso forrado com papel que trazia na bolsa e lia as paredes. Lia tudo e tinha vontade de saber se eram verdade certas coisas que não conseguia entender ali escritas. Como uma mulher tinha coragem de fazer aquilo com um homem e ainda escrever numa parede de banheiro público? Levantava-se aturdida e saía. Diante de espelhos ordinários, punha-se a retocar os lábios. "Espelho, espelho meu, existe mulher mais enigmática do que eu?" As faxineiras chegavam em bando e Jó tinha vontade de ficar ouvindo as conversas e saber de todas aquelas verdades. Borrifava-se de perfumes. Afastava-se ajeitando a saia, acenando como a velhas conhecidas.

Em casa, a pergunta prosseguia antes do banho, o espelho do armário iluminando o corpo redondo e nada calmo. "Espelho, espelho meu." Completamente nua, olhava os seios grandes, apalpando-os, o medo de algum caroço. Baixava a vista para a genitália escura e se repreendia. "Cuidado, Jó, cuidado com as tentações!" Gostaria de chegar até a janela e rir dos inocentes que não sabiam que uma mulher nua os contemplava do alto de um nono andar. Uma mulher inteiramente nua, iluminada pelas luzes de Botafogo. Mas era hora do banho. Muita atenção, muita cautela. Os limites do corpo, os limites do espírito. Lá estavam os seus xampus e sabonetes, suas toalhas de veludo e suas roupas brancas. Torneiras abertas, experimentava com o pé a água morna e ia se sentando bem devagarinho, inundada até o pescoço. Fechava os olhos, deixando-se levar pelos perfumes, o banheiro enevoado, o corpo solto na espuma e as mãos escorregadias deslizando os limites.

(1981)

DE ELÁSTICOS E SONHOS

A tensão do elástico entre os dedos e o roçar da mão na carne morna, em que noite perdida, Simone, já nem me lembro, apenas o sonho e o despertar de suas águas, entranhas ácidas que eu penetrava e em que me perdia sentindo o silêncio dos corpos e o abraço, mergulho de carne despertada nas zonas distantes do encontro, Antônio, os seus dedos ágeis a desfolhar minhas macias dobras, palpitantes, tão meu lá dentro sem nenhuma resistência desde o primeiro encontro, deixando você fazer do meu corpo o templo onde alojar sua macia e áspera rudeza, enquanto a vagar nos sonhos, para depois o cansaço, os corpos virando-se para as imensas paredes que se erguiam sem que nós sentíssemos, Simone, os dedos encolhendo-se amortecidos, as roupas abandonadas como nós, sem o soar dos elásticos retesados antes das aparências sumindo nas pontas dos dedos acariciando o rosado dos seus seios, morno quente escoando pelos caminhos que eu sentia dentro de você, pelos teus pêlos eriçados e a manhã repetida nos abraços e lembranças, Antônio, nada mais que lembranças, nem mais o incolor das gelatinas em que eu mergulhava com seu cheiro forte que me chega agora por um outro corpo, seu perfume agreste e nos lençóis as manchas semelhantes que os unem, o único elo, sua voz ainda em meus ouvidos e a minha nuca quebrada de prazer, hoje o suporte de sua ausência, presença apenas de tão dessemelhantes rostos, porque de almas nem posso falar, Elisa, eu não alcanço, por onde o primeiro beijo para depois as tuas mãos rompendo os meus elásticos que não se distendem, desatam-se apenas em nossos encontros, agigantando-se, sem começo nem fim, que a distância eu percorro nos sonhos, fecho meus olhos para rever Simone que em ti não vislumbro, nem mesmo nos cabelos desatados, a tua boca que se abre sem espanto de que já não sou eu que te sufoco de prazer em meus dedos envolvendo as tuas moles mágoas, por não te amar, Ricardo, amolecida mais de cansaço do que de desejo, na esperança de que também, um dia, possamos alcançar o eterno, eu não alcanço porque de eterno eu já disse, apenas o que se perde desse indecifrável prazer que retiramos de um outro corpo sem poder localizá-lo, os opostos caminhos que se cruzam, as paralelas enfim já decifradas nos meus olhos, Ricardo, eu não alcanço, mensagem clara da minha distância, a testa fria, os dedos curvos, a boca amarga, sem o romper dos elásticos que ele, Ricardo, saboreava nas roupas caindo aos pés e a procura depois por sob as cobertas e travesseiros da roupa mínima com que nos cobríamos para o amanhecer no leve abraço do verão entrando pela janela, fresta aberta que nem percebíamos, a ponte estreita para este momento em que, separados, talvez procuremos juntos nos outros rostos o bater de um cílio que nos torne presentes, Elisa, os ruídos a que já estávamos acostumados, hoje, me soam fracos, porque não alcanço e tu ficarás dobrada e arquejante de cansaço, o desejo interrompido, nos gemidos, Simone, deixo que penetre com sua ausência para ver se trago de lá, fundo de mim, o jorro forte do represado desde nossa última manhã de água forte lavando nossos corpos no mesmo banho, a imagem, tua imagem, acabando de fechar a porta retornando fria para o meu lado, agora dele, que sem demora finge satisfeito, muito embora de sua distância tudo me soe tão claro, mais claro que os olhos de Elisa que me olham tensos, sem resposta, para meu cansaço e minhas lágrimas que disfarço com o apagar da luz, enquanto ela no banheiro, o chiar da água, sua imagem pensativa retornando à cama e o livro que ele abre, Antônio, como se eu estivesse plena, nem mesmo na hora em que sobre mim ele vem inteiro e o gesto seco das mãos a querer sondar o que jamais deixarei até o nosso próximo encontro, aquela parte minha que só a você permiti sem pudor e desespero, Antônio, que Ricardo pousasse a boca onde só seus lábios sabiam abrir-se com doçura, hoje apenas um beijo que aguardo em um nosso, quem sabe, próximo encontro, quando o tempo poderá já ter rompido os elásticos e a memória.

(1981)

NAS ÁGUAS DE DALILA

Ela disse "vem, vem, estou lá te esperando". E saiu jogando os cabelos para trás, num gesto bonito que só ela sabia fazer. Saí correndo para dentro de casa, vestir o short vermelho que tia Dalila tinha trazido para mim. Só assim eu ia poder tomar banho de cachoeira. Nunca me deixavam ir sozinho, como se eu fosse ainda uma criança. Por isso que, quando ela chegou, fui eu quem ficou mais contente, pra dentro e pra fora enquanto não vi o carro de tio Claudionor apontar na estrada. Ele chegou muito afobado, tomando a bênção à vovó e dizendo que iria embora no outro dia bem cedinho. Só tinha vindo mesmo trazer a mulher, que estava louca pra conhecer a família e descansar um pouco a cabeça. E ela foi entrando toda dona da situação, cumprimentando a todos na sala sem nenhum medo das caras feias das irmãs do marido. No começo, quando se soube do casamento, foi um chorar sem fim de vovó porque o filho ia casar com uma moça que nem sabiam quem era. E, quando chegou o retrato dela num vestido curto e chapéu em vez de grinalda, nem quiseram olhar direito. Os cabelos louros apareciam derramados nos ombros e na boca o riso da moça de Kolynos. "Pelo jeito é moça espevitada que gosta de se pintar dos pés à cabeça e que nem sabe onde deixou os tampos." Minha mãe e minha tia também ficaram emburradas. Nunca que pensassem que Nonô fosse sujar a família. Quando ela saltou do carro, calça desbotada, blusinha curta e umas sandálias que deixavam ver seu cuidado com as unhas dos pés, não achei nada daquilo.

Foi distribuído presente por presente e, ao chegar a minha vez, falou que se enganara. Ia ficar um pouco curto, pensava que eu ainda era uma criança. Abriu um riso claro e, "por favor, não me chame de tia", no jeito dela de pôr os cabelos para trás, "assim fico muito velha". E minha alegria maior no dia seguinte, aquele convite tão de dentro, o corpo dela no andar altivo de quem sabe onde pisa. Minha avó ainda quis impedir. A minha mãe deixou porque com gente grande não tem problema. Só que eu não abusasse.

Vesti o short apressado, não querendo perder um minuto daquela companhia que se mostrava amiga desde o primeiro abraço. Fiquei um pouco chateado. Estava apertado e curto demais. Nem tive coragem de sair sem uma calça por cima.

Logo de longe, notei o faiscar dos cabelos louros sobre a pedra e ela sem a parte de cima da roupa de banho. Assim que me viu, sentou-se segurando o sutiã com uma das mãos enquanto me acenava com a outra. A água estava uma delícia, estava só me esperando pra cair de novo.

Sentei um pouco afastado, sem nenhuma coragem de tirar as calças. Ela podia ficar me achando exibido demais. Depois, aproximei-me da queda-d'água e me molhei quase todo. Ela riu e falou "viu, seu bobo, agora vai ter que tirar e pôr no sol pra secar". Levantou-se e veio até onde eu estava e, como as calças já estavam meio caídas, ela acabou de puxar. Bateu palmas quando viu o short, "ótimo", alisando minha cabeça e puxando-me para a correnteza com a outra mão. Ainda acrescentou que eu já era um homem e "que cabelos bonitos!". Soltava gritinhos debaixo da água, agarrava-se a mim sem prestar atenção onde pegava, abrindo a boca, a água empastando os cabelos sem lhe tirar a beleza. Inclinava a cabeça dum lado, inclinava do outro, voltava a se segurar em mim com força porque a água estava cegando-a. Eu todo solto, sem saber o que fazer com as mãos. Quando ia quase escorregando é que passei molemente um braço em sua cintura, que estava numa temperatura agradável. Uma coisa me tomou por dentro, o corpo inteiro respondeu. Ela se afastou, olhou-me de modo sério e estranho. Como se recuperasse o fôlego, falou "mas você está tremendo, coitado, vamos pro sol pra secar". E foi me passando a toalha no corpo todo com energia, falando sempre que nunca pensara no Claudionor com um sobrinho tão crescido. Até se espantou quando me viu na sala, ele só falava de você como criança. Mas que nada! Um homem! E eu sem poder falar, o queixo batendo, meu corpo sem controle, o short se deformando. Sua voz tão perto de meus ouvidos me deixava estonteado. Quando terminou de me enxugar, abriu a toalha no chão, deitou-se de papo pro ar, soltou as alças do sutiã, e sorriu.

Deitei-me a distância, olhando como a barriga dela era fininha, cheia de pelinhos dourados até chegar mais embaixo numa reentrância bem-feita. O biquíni branco, minha curiosidade na zona escurecida, um nó de cada lado. Desci o olhar, as coxas firmes, não muito grossas, os mesmos pelinhos dourados. Ela as balançava delicadamente, olhos meio fechados, boca entreaberta. A minha ressequida, uma bola de saliva grossa. Deitei-me de bruços, um medo danado dela me chamar pra cair de novo. Minhas pulsações eram visíveis. Fiquei a contemplá-la sorrateiro, os braços cruzados sob a testa, o corpo colado à terra, a maciez da grama. Tentei mudar os pensamentos. De repente, ela levantou a cabeça e perguntou se eu estava dormindo. "Vou cair mais uma vez, topa?" Não falei nada, nem me sentia em condições de pôr-me em pé diante dela. Sem se preocupar com as alças do sutiã, se foi sozinha, a deslumbrante visão da carne branca secando-me a garganta de vez. Pus a mão dentro do short e meus dedos trouxeram um fio liguento.

Quando já estava na água me chamou. Fiz que não ouvi. "Vem, seu bobo", voz de água, tão doce, entrecortada. Não tive jeito. Ao me aproximar, entre envergonhado e cauteloso, ensinou-me a ser cavalheiro. "Me dê a mão pelo menos", saindo na ponta dos pés.

Começou a se enxugar devagarinho, primeiro o rosto, depois os cabelos e, quando foi enxugar as costas, me esperou. Era para esfregar com força. Fazia bem à circulação. E voltando a falar sem parar, disse que ainda íamos ser grandes amigos, pena ficar tão pouco tempo, mas assim mesmo ia ser bom. Ia voltar outra pra cidade. Agora sou eu, a toalha voando das minhas mãos, esfregando-me as costas com muito mais força que eu quando passei nas dela. "Que cabelos mais bonitos, meu Deus", que eu não devia cortar nunca, neles que está a força do homem, agora o braço, se eu fazia ginástica todo dia. Eu era muito desenvolvido pra minha idade, "olha só, o short está jus-ti-nho!". De dentro de mim, sem que eu conseguisse mais deter a violência que vinha se avolumando, senti uma mornidão viscosa a querer escorrer pelas coxas. Ela parou de falar, toda atenta, "que é que foi, que que você tá sentindo?". A bala de saliva desceu, balbuciei "nada", retomando meu riso tímido, procurando vestir as calças apressadamente. Ela pôs a toalha na cintura e voltamos num passo demorado. Eu doido pra chegar logo em casa, olhando de vez em quando para as calças. A sorte que ainda estavam um pouco molhadas.

Quando chegamos, as três já estavam preocupadas. Olhando de cara amarrada para mim, como se quisessem descobrir algum segredo. Minha mãe foi lá dentro esquentar a comida "enquanto vocês tomam banho". Dalila abriu o riso largo: "Juntos?". As duas da sala fecharam a cara de vez, enquanto tampas de panela rolavam pela cozinha. Dalila nem se incomodou. Foi tomar o banho dela. Eu fiquei sentado na sala, o ouvido atento ao cair da água no banheiro. Tudo suave, deslizante, bem diferente do que estava acostumado a ouvir. Nada de espanejar água com as mãos nem bater de latinhas em bacia.

Dalila saiu luminosa, exalando perfumes variados, sempre o riso da propaganda. Mais feliz do que quando entrou. Agora é sua vez, alisando minha cabeça, me deixando estonteado.

O meu banho foi mais demorado que de costume. Tirei o short. O banheiro ainda estava impregnado do calor do corpo dela. Uma nuvem morna, acolhedora, me abraçando. Pela primeira vez, observei meu corpo com atenção. A marca do sol, minhas pernas escuras, o peito forte. Todo ele se movimentava nos mínimos detalhes. Vibrava intensamente. Diante do espelho, fiz muque no braço. Olhei-me de lado. O cabelo era mesmo bonito. Entrei debaixo do chuveiro com a boca viscosa. Ensaboei-me com lentidão. Aquele torpor não devia acabar nunca. As mãos descobrindo caminhos insuspeitados. Acordei com a voz de minha mãe pedindo para acabar com tanta demora, "menino!". Vesti-me apressado, com medo de ter deixado ali as minhas marcas. Marcas que Dalila, ao me sorrir, pareceu logo reconhecer.

(1981)

AS MULHERES DOS TRÊS REIS MAGOS

Pelo lado esquerdo, eles entravam circunspectos, olhos no chão, mãos cheias de presentes. No vasto palanque em frente à Catedral, desenrolava-se a mais bela representação do Natal. Apertados na multidão, eu e meu irmão ficávamos atentos dentro da escuridão da praça. De repente, uma luz enviesada cortava o palco, abrindo caminho por entre as folhas de uma árvore copuda. A estrela mostrava o caminho de Belém. Meu coração batia num descompasso de me deixar alquebrado enquanto não terminasse tudo aquilo. Lavinho só faltava rasgar a minha roupa, querendo ver tudo como eu, pra depois cair no sono. Tensos, não desgrudávamos os olhos da areia brilhante, a única coisa luminosa a doer na vista. A ansiedade passava a ser o nosso cotidiano quando passávamos pela praça e víamos homens trabalhando, madeira sendo serrada para a festa mais bonita do ano.

Assim que chegava o dia, ficávamos pra dentro e pra fora desde cedinho. Minhas tias e minha mãe quase não dormiam desde a véspera no preparo das roupas. Se ainda faltava muito pra terminar um vestido, a apreensão se tornava maior. E quando era tia Dalmácia, me vinha um aperto por dentro, querendo que o tempo se esticasse para tudo sair na hora. Por uma prega a menos, ela botava tudo a perder, como um ano desses, estragando o gosto da festa. A outra, não, era boazinha. Contentava-se com tudo. Gostava dos modelos simples, sem muita trabalheira pra minha mãe, que se sentava na máquina direto, só parando pra fazer as necessidades e comer uma besteirinha.

Os vestidos eram sempre de seda, variando só a cor dos estampados iguais. Enquanto eu não via tudo arrumado, ficava passando por perto da máquina pra ver se ia dar tempo de terminar tudo antes da hora. Se uma não fosse, as outras duas não iam. E a gente ia perder a festa tão bonita que só de ano em ano acontecia. E quando, pelas cinco horas, eu via que só faltavam as costuras de mão, vinha o alívio da água fresca me lavando. Faltava pouco para acabar. Na hora das provas finais, eu dizia que estava bonito, mesmo vendo algum defeito. Olhava a cara de tia Dalmácia alisando as pregas, olhando por cima do ombro, querendo encontrar erro onde não havia. Depois da aprovação, era só o ferro pra cima e pra baixo, roupas estendidas na cama. A minha roupeta e a de Lavinho no encosto da cadeira.

Cantarolando junto ao fogão os hinos de igreja, tia Dalmácia dava sem querer notícia de contentamento. A roupa tinha ficado do seu agrado, apesar de sempre achar um pouco curto ou comprido demais. E lá se ia preparar o resto dos doces, porque até meia-noite sempre dá fome. Mas eu não tinha fome nem sede. Sono nem se fala. Queria logo as dez horas para sair e pegar lugar bom. Elas remanchavam, sempre procurando mais um grampo pro cabelo, meias desfiadas não calçavam, e lá vinha aborrecimento. Perfumadas de Royal Briar, coques feitos pelas mãos de dona Florinda, punham-nos na frente, trancavam a porta e saíam dando boa-noite para tudo que era lado. Eu, de peito oprimido pela emoção, querendo asas que não tinha.

Pelas onze horas, a praça não cabia mais de gente. Pegar lugar bom era um problema. A frente da igreja estava às escuras. O carrossel apitava, os cavalinhos num desembesto de fazer medo. O que eu mais queria era a roda-gigante e rodar na sombrinha pelo ar. Mas nunca que fossem deixar, porque sempre dá tonteira. Agarrados um na mão do outro, caminhávamos um pouquinho na frente, sempre olhando para trás em busca dos vestidos estampados. Lavinho, feito bobo, parava para olhar as luzes coloridas, as bolas cheias de gás a caminho do céu. Eu puxava na mão dele, o sentido pregado nas coisas que iam acontecer dentro em pouco. Ao primeiro toque do sino, todos os brinquedos silenciavam, paravam de girar, o alto-falante anunciava e uma pedra subia do meu peito à garganta. Se a coisa demorasse mais um pouco, não sei o que poderia acontecer. A justa medida das coisas é que me aliviava.

Luz por luz se apagando, as pessoas impondo silêncios às crianças pidonas, só restando de forte mesmo o prateado que fazia fundo ao estábulo de Belém. De onde eu estava podia ver tudo. Lavinho dizia que também dava para ele ver. Mas não deixava de ficar olhando uma coisa ou outra que lhe chamasse a atenção. Eu desligava dele e esperava o clarão encher os meus olhos. Acendiam-se as luzes de baixo para cima. Aparecia o berço, Menino Jesus rosado, rodeado pela Virgem e por são José. Um boneco do tamanho de uma criança. A única coisa falha. Também nenhuma mãe ia ter coragem de botar o filhinho até tão tarde na escuridão. Mas o resto do espetáculo compensava. A gente até esquecia isso e se quisesse via ele se mexendo. O manto azul de Nossa Senhora, cheio de estrelinhas. O cajado de são José brilhava, o cabo dourado.

O sino repicava, o coro dos meninos órfãos cantava fino e bonito e a voz estrondosa de dom Abelardo conclamava os fiéis para a adoração. Vinham-me lágrimas aos olhos. Tudo parecia vibrar dentro de mim. Os animais, de cabeça baixa em sinal de reverência, comiam capim, amarrados em cordas. Os pais do menino Deus não tiravam os olhos da manjedoura, como paralisados pelo encanto da cena. E as luzes iam se extinguindo lentamente para dar lugar ao clarão da estrela apontando o caminho pros três reis magos. Dois passos, uma paradinha; mais dois passos, outra paradinha, pra dizer que o caminho tinha sido longo. De novo o coro, dom Abelardo, o sino. A emoção voltava a crescer. Os três se ajoelhavam, depositavam os presentes que eu não sabia o que era. Nas pontas dos pés, dava pra ver um baldezinho de prata donde saía fumaça. E ficavam todos ao redor de Jesus, numa adoração sem fim. A voz do bispo tomava conta de tudo, enchia meu peito de mais e mais encantamento. Muitas velhas choravam baixinho como minha avó quando era viva. Foi aí que veio um instante de saudade dela, que não perdia de jeito nenhum festa assim. Nem que fosse sozinha comigo, mas ia. Tirei a vista do palanque para me distrair, senão iam me ver chorando no meio de tanta gente. Meu irmão cochilava agarrado na bolsa de tia Milena. As outras duas não tiravam a vista do palanque.

Ainda de olhos marejando, voltei à minha admiração de antes. Tarde demais. Não sei com que rapidez já tinham tirado tudo. No lugar, um padre paramentava-se pra missa do galo. Perdi o gosto de estar ali. A estrela não brilhava tanto como antes. Ficar pra ver a missa era o mesmo que ir caindo no sono devagar. Nem os animais tinham deixado sinal.

A praça foi se esvaziando. Para a missa mesmo, ficou muito pouca gente. As três estavam de véu na cabeça, terço na mão, *Adoremus* aberto para acompanhar os hinos que viviam ensaiando em casa. Sem que me vissem, fui me esgueirando como se fosse comprar rolete de cana. De lá, fui andando, arrodeando o carrossel, sem vontade de nada. Tinha uns cinco ou seis meninos montados nos cavalinhos acompanhados dos pais. Tive inveja. Ao passar pelas escadarias laterais da Catedral, vi uma mulher muito desarrumada com uma menina chorando no colo. Fui me aproximando. A menina não parava de chorar. Por trás da igreja, um casal se abraçava com muitos beijos moles. Meio sem graça, voltei a passar pela mesma mulher da menina. Já tinha se calado e dormia de boca aberta, a cabeça caída para trás. Uma porta se abriu. Por ela vinham saindo os que tinham tomado parte na festa.

Nossa Senhora, muito magrinha sem o manto de estrelas, num vestido de florzinha desbotado. São José, sem o cajado, carregando uma sacola de papel com roupa dentro. E se foram praça afora, apressados, escolhendo os lugares sem luz. Um dos reis magos se dirigiu para a mulher da menina. Levantou-a pelo braço e se foram de cara triste. Os outros dois se sentaram nas escadas como esperando alguém. Fumavam distraídos, sem trocar uma palavra. Duas mulheres risonhas surgiram de dentro da escuridão do fundo do parque. As bocas muito vermelhas, saias curtas de pano bambo, se remexendo muito. Figuras de reisado. Responderam aos deboches de uns homens e vieram de braços dados. Assim que viram os dois nas escadas, ajeitaram os cabelos, passando por mim. Cheiro de talco e suor. Abraçaram-se com eles e voltaram a se perder na escuridão donde tinham surgido.

Parado, sem coragem de pensar em nada, aprumei meu olhar na direção donde tinham vindo. Minha boca estava amarga, os braços caídos num cansaço doído. Quase não havia mais ninguém por ali. Vendedores de doce arrumavam os tabuleiros e mendigos se arrastavam pelo chão. A missa parecia terminada há tempo. Aflito, corri em busca de minhas tias. Vinham em minha direção, meio aborrecidas, demonstrando fadiga nas bolsas dependuradas. Muito atrás, minha mãe sentada num banco com meu irmão dormindo no ombro, o vestido muito amassado e o olhar de quem se cansou de esperar a visita de um rei que nunca iria chegar.

(1981)

AOS DOMINGOS

Quando chegava o meu domingo, eu botava corpo mole, me revirando na cama até ouvir a voz de minha mãe gritando que já era tarde, o sol ficando quente demais pra levar ele pro passeio habitual. Me levantava triste por saber de cor os caminhos a percorrer até que o sentisse adormecido no meu ombro e voltássemos para casa.

Tomava meu café às pressas sem olhar para o canto da cozinha onde ele ficava aguardando como um animalzinho que nunca se fez amar. Vestia minha roupa mais leve porque não era fácil suportar o sol de Jabutiana. De calção azul, camiseta branca e o gorro, presente de meu avô, mais parecia que eu ia ao campinho que realizar um sacrifício. Pegava-o, então, com cuidado, ele muito frágil, muito mole, difícil de arrumar uma boa posição para o seu corpo fino e comprido.

Lá eu saía ladeira abaixo, sabendo dos olhares de todos, menos com piedade dele que de mim. Ninguém na minha casa ficava para, da porta, me dar um adeus. Era o meu desejo naquela hora, o de partir para sempre. Com o tempo, acostumei-me com os olhares dos vizinhos. Torcia o rosto para não ouvir o que diziam dele, enquanto sua cabeça derreada no meu ombro já pingava suor, os braços gelados e as pernas bambas a baterem em minha barriga. Eu tinha vontade de chorar, de gritar que não era culpado pelo espetáculo daquelas manhãs de domingo. Às vezes, eu o amaldiçoava. Minha irmã é que ficava aflita: "Coitado, Orlando, ele não tem culpa nenhuma". "É a nossa cruz", dizia minha mãe, um pouco resignada, mas a gente vendo que ela estava arrependida de alguma coisa. Uma vez eu perguntei quem o colocou no mundo e um silêncio cheio de olhares vagos se completou num suspiro forte de nossa irmã enxugando os olhos na barra do vestido.

Durante o passeio, ele queria a todo momento mudar de posição, o que me desgastava bastante. O farfalhar da seda que o vestia (o que jamais pude entender) chamava a atenção de todo mundo e eu com o coração apertado de vergonha. De vez em quando, ele soltava um assobio fino que fazia rir a quem estivesse por perto. Se ficava o tempo todo numa só posição, começava a minar água e as brotoejas o cobriam inteiramente, transformando-se em pequenas bolhas que explodiam ao sol. Quando isso acontecia, os ralhos vinham firmes em cima de mim e de meu irmão. Há muito tempo que nossa irmã deixara de dar o seu passeio, agora que estava noiva, perto de casar. O noivo não devia saber que havia aquilo em nossa casa. Por isso que, aos domingos, um de nós tinha que levá-lo para longe, antes do moço vir buscá-la para a missa.

Eu o levava sempre para uma clareira no meio de umas árvores perto da lagoa. Colocava-o de rosto para baixo e ficava zunindo pedrinhas na água pro tempo correr depressa. Com o repicar de sinos do meio-dia, eu voltava sereno, já pensando na série da tarde no Cinema Guarany. Era o que me fazia suportar melhor aquelas manhãs intermináveis. O caminho de volta era feito às pressas, temendo olhares dos meus colegas soltos na pracinha. A sorte que o almoço coincidia com os meus passos. E ele, ao sol tão quente, passava suas mãozinhas geladas em meu pescoço, procurando posição melhor. Me vinha vontade de largá-lo por qualquer canto, desligar-me dele para sempre. Mas parecia ser uma parte morta de nós mesmos, um pedaço mau de nosso corpo com que tínhamos de conviver. Eu ficava achando que ele devia ter nascido morto. Meu irmão até se assustou quando falei nisso. Para me lavar daquele pecado, o padre me fez perder uma aventura inteira de Tarzan. Desde então, não falei mais a ninguém de meus desejos ocultos.

Veio, um dia, o casamento de nossa irmã. Bem cedinho, o corre-corre de nossa mãe para colocá-lo num lugar onde ninguém o visse. Foi num domingo, a manhã cheia de esperança, nenhum passeio a realizar. Eu vi bem quando as duas e meu pai se puseram em cochichos e depois o colocaram numa caixa de maçãs. Levaram-no para o fundo do quintal, perto da casinha dos patos. A ordem era não deixarmos ninguém chegar até ali. Olhei para o meu irmão, tão estupefato quanto eu. Não havia jeito. Procuramos uma forma de passar o dia sem aborrecimentos. Inventamos todo tipo de brincadeira. Quando alguém vinha em nossa direção, nós desconversávamos, dizendo que iam sujar o sapato na lama. Difícil foi persuadir as crianças. Elas ficavam perguntando que era que tinha naquele caixote. Certa hora, nunca saberei como, ele estava com a mão derramada para fora. A sorte que era tão fina que, de longe, parecia um pedaço de corda esquecido. A mãe do noivo queria saber de nossas frutas, das goiabas que cheiravam loucamente. Falei que eram bichadas, não davam pra comer. E o dia passou nessa luta doida, o meu estômago roído de medo e fome. A festa acabou à noitinha. O frio já descia como sempre, naquelas bandas. Eu sabia que ele não iria suportar a mudança de temperatura sem os agasalhos. Não fui buscá-los, nem pedi a meu irmão para ir. Ele, menor do que eu, nunca soube avaliar o meu desgosto.

Quando todos saíram, minha mãe, derreada de cansaço, veio saber se tínhamos cuidado dele direitinho. Abaixou-se para apanhá-lo e, quando puxou o caixote, soltou um gemido que me fez virar bruscamente da porta da cozinha. Ela o trazia completamente nu em seus braços, ele, como se desmanchando numa água clara cintilante. Num relance, ainda deu para eu ver que, entre as pernas, ele não tinha um sexo como nós, mas uma espécie de inseto cravado prestes a alçar seu vôo.

(1981)

QUINTA-FEIRA TEM DRAMA

Logo se espalhou a notícia. Uma menina no nosso teatrinho. Até que enfim uma saia pra enfeitar os nossos dramas das quintas-feiras. A surpresa dos cartazes, as cadeiras gemendo de expectativa. Tudo no maior segredo. Ator nenhum ousava falar dos ensaios, do nome da peça, das substituições. Falando, nunca mais palco sob os pés. O padre Giovani, treme-treme nas mãos, mas de energia bastante para pôr uma pedra na boca de cada um. Convocava os atores em segredo e sem mais nem menos estava tudo prontinho.

O teatro ficava do lado esquerdo, com janelas pra rua. Alguns se arriscando, pulando muro, com a desilusão das janelas sem frestas. Tudo trancado, lacrado para o dia da estréia. Até que era bom. Mal acordava na quinta-feira, o desejo de ir ver logo no painel o nome da peça. Livros esquecidos, cadernos abandonados, caídos pelas escadarias, e rostos mal lavados. Ficávamos amontoados diante do nome da peça em letras floreadas, sem o nome do autor e dos atores. Também nenhum se destacava. As glórias para o grupo inteiro. Sempre os dramas dos santos: *Pedras no meu caminho*, *A tentação de santo Antônio*, *No leito da morte*. Outras vezes, sobre a vida eterna, como o famoso *Vozes do além-túmulo*. A melhor peça que vimos. Padre Linhares fazendo o papel do homem que voltou com a cara prateada no escuro pra dizer que o inferno existe. Todo mundo fez ohhhhhh quando veio ele num paletozinho apertado em vez da batina surrada e fedorenta. Ao fundo, o cenário esfumaçado, amarelo, invisível naquela escuridão. Quando não eram os santos, eram bombas arrebentando, luzes estourando, sirenas aflitas de ambulância, como n'*O clamor da guerra*. A poeira ultrapassando os limites do palco fingindo construções destruídas. O auditório asfixiado, criancinhas chorando, retiradas pelas mães enraivadas. Tudo aquilo nos fazia pedir a Deus que nunca acontecesse de verdade. Como a coisa fez efeito, mais de duas semanas em cartaz. Muito mais que o *Além-túmulo*. Os que trabalharam naquela peça ficaram orgulhosos, evitando se misturar com a platéia. Discutiam os papéis, não aceitando opinião dos intrometidos. Eu quase que ia realizar meu sonho daquela vez. O estafeta foi um outro. Um beija-batina de padre. Ocasião não falta.

E agora mais essa. Chamar menina de colégio de freira pra tirar a nossa vez. Nem bonita, nem feia. Mas usava saia. Todo o dormitório em pé de guerra. O colégio inteiro murmurando sob cobertores, só se calando com o silêncio imperioso do padre inspetor. Daí em diante, um ou outro imprevidente furando os lençóis com suspiros demorados e quedas mortais. No outro dia, cada um querendo aparentar noite bem-dormida. Quem sabia das coisas era o padre diretor. Bastava olhar pra cara do menino, ver as olheiras, e "apareça na diretoria depois do recreio". Duma feita, quase que o professor não podia dar aula direito. A turma lucrara com a visita da inspetora gordinha, apertada nos corpetes.

Eu só pensava na coragem das freiras em soltar aquela menina tão magrinha, cabelinhos escorridos, no meio de tanta fera encurralada. E ainda mais no teatro. Maria Olívia, pelos seus treze anos, vinha de um passado glorioso: santas sofrendo na infância, meninas surradas pelos pais. No teatro delas, as moças se vestiam de homem pra fingir de pai, professor, Deus. Na nossa escola não se podia fazer assim. Quem fizesse papel de mulher estaria perdido para sempre.

No fim da tarde, a primeira reunião do grupo de atores. Ainda ajudei o padre Giovani a plantar uma acácia pra ver se me chamava prum papel qualquer. Sabia que faltava gente. Eu ia ser até faxineiro se ele quisesse. Depois vi que podia ficar marcado pelos outros. Não é bom andar agarrado em rabo de batina. Tinha que fazer um jeito de pelo menos assistir aos ensaios. Ninguém ia me expulsar como fizeram com meu irmão, que tinha ido levar só um recado pro padre. Levou um carão tão feio que quis até deixar de estudar lá. Falou pros curiosos que o palco era uma beleza, todo cheio de luz, até nos cantinhos escondidos. O guarda-roupa ficava numa das laterais e dava pra ver um mundo de casacas, peles e babados. Os chapéus ficavam todos dependurados na parede. E que o padre mudava de cor, deixava o treme-treme das mãos de lado, e fazia gestos ora lentos, ora agressivos. Ele não tinha coragem de entrar naquele mundo. Todos se transformavam. Gaguinho, que fazia sempre o papel de Satanás, continuava bufando mesmo depois da cena. Demorava muito a voltar ao normal. Eu era doido pra pisar terreno escuro, ainda mais com Maria Olívia de lado.

No recreio, ficávamos imaginando qual o papel dela. Menina vendo aparição? Nossa Senhora em menina? Santa Maria Goretti, a santa da moda? Nessas suposições nos perdíamos em recreios prolongados. Dos atores só Fábio era permanente. O pai dele senador tinha cadeira especial em tudo que era festa da escola. Os demais eram chamados sem que ninguém percebesse. A que horas, novo segredo. De repente, lá vinha um fulano posando diferente, falando alto, de galã de cinema. Cabeças maquinando coisas. Bocas murchando à aproximação. Sempre os mais valentes e troncudos naquele jogo. Quando Ferreirinha foi escalado para representar Cristo na Semana Santa, foi uma indignação. Tinha uma voz em falsete que fazia todo mundo rir. Só porque o pai dera dinheiro pra reconstruir a fachada da igreja? Mas até que ele fez bem o papel. Passou a peça inteira só andando, sem falar quase nada, respondendo aos discípulos apenas com um balançar de cabeça. Teve que usar peruca, coisa que ninguém riu na hora. No Horto das Oliveiras, a emoção foi se alastrando para culminar em delírio da platéia no "Pai, por que me abandonaste?". As velhas só faltaram subir ao palco para pedir milagres. O milagre já tinha acontecido: Ferreirinha falando com aquela voz tonitruante. Depois disso passou a ser respeitado. Toda vez que a gente ia rir dele, o "pai-por-que-me-abandonaste" falava mais grosso. Quando vinha em nossa direção, a turma debandava, catando tarefas pra não cometer sacrilégio. Ninguém ia rir de quem fora Cristo.

E, afinal, os ensaios. Mariolívia sempre trazida na kombi pela madre de freada violenta. Entrava na escola repuxando a saia, cabeça baixa, cabelinho escorrido nos olhos. Um futucava o outro e num segundo estava feita a cadeia do olha-lá. Ela passava do outro lado do pátio. Pelas janelas da sala de estudos, cabeças espichavam, cabelos eriçados varando o ar, dedos furtando adeuses. Ninguém mais conseguia estudar. Todos se transportavam para a sala escura, aboletando-se nas cadeiras, esperando as luzes do palco. O padre inspetor estranhava aquele silêncio repentino e dava graças ao Senhor por ser pastor de ovelhas. De vez em quando um pedia pra ir ao banheiro, que ficava perto da sala dos ensaios. De lá dava pra ouvir uma voz altercando, outra ralhando forte, chorinho comendo o ar. Sem querer, descobrimos um meio de saber o que estavam ensaiando naquelas tardes incendiadas. Combinamos o rodízio do banheiro. Quando um voltava, já tinha outro saindo. O inspetor não manjava nada porque nunca estivemos tão bem-comportados. No recreio, a gente se reunia pra juntar tudo o que tinha ouvido e tirar nossas conclusões. Com pouco tempo, poderíamos ter a peça todinha. O que estranhamos é que a menina não falava nada. E, se falava, era muito baixinho mesmo. Uma vez ainda deu pra ouvir uma vozinha agradável e tímida cantando. Depois, mais nada.

Quando os atores saíam, tentávamos perguntas sem respostas. Só que a peça ia demorar mais que as outras. O padre Giovani andava muito atarefado e tinha muitas vezes que parar os ensaios pra fazer outras coisas. A impaciência se alastrava pelo colégio. E, toda tarde, lá vinha ela desconfiadinha, toda se repuxando. Dia sim, cabelinho solto; dia não, nuca aparecendo. E tomava pouco a pouco ares de atriz tarimbada. A cabeça foi se erguendo. Se demorasse mais um pouco, o chão virava nuvens. Já tinha mais de mês naquela demora irritante, alguns dos atores já querendo desistir. Outros se botando como substitutos. Eu, que já havia desistido de vez, voltei a ter esperanças. O pensamento grudado nas saias de Mariolívia. Como já era fim de maio, pensamos que seria pro final das aulas. Gostavam que cada um levasse pras férias recordações alegres, pois ninguém sabia dos desígnios de Deus. A peça final sempre tinha cantos, danças só de homens, sapateados, frevos. Num ano teve até dança russa. Foi o deslumbramento. Agora, com menina no meio, ia ser melhor. E Fernando fingia dançar agarradinho com ela, abraçando uma árvore fininha, pra depois sair triunfante, de calças deformadas. A gente ficava muito nervoso com aquelas coisas. Felizmente tínhamos padre Laurentino como nosso guia e protetor.

De dentro do teatro, de vez em quando, um som de música, a água gotejando forte nos telhados de junho e aquela ansiedade tirando a vontade das provas se aproximando. O ar úmido dentro de nós, num destempero adquirido à custa de incertezas e variadas promessas de prazer. Mariolívia nos sonhos, as trancinhas se desmanchando, a nuca varrida pelo ventinho fresco da madrugada. Encenada ou não, agora pouco importava a peça. O que valia era a entrada dela todas as tardes pelo portão grandioso. Um mundo se agigantando, abrindo-se e fechando-se pelos dedos do porteiro também em brasa, a quem invejávamos por vê-la passar tão perto dele. Dentro em pouco seriam as férias, estaríamos lá fora, saboreando a mesa farta das ilusões caseiras, das fugas pelo rego das chuvas. Iríamos nos misturar ao mundo. Contávamos os dias. Lá as mariolívias vinham em abundância, molhando os lençóis de nossa adolescência. Diante delas, aquela sumia, perdia as formas, deixava de caminhar por sobre os sofrimentos da paz. Acordávamos a cada dia suados, o dormitório recendendo a gozos machucados, fomes ampliadas. Quase não falávamos mais em teatro, e poucos queriam saber se ela era a santinha ou a menina que viu a Virgem de Fátima.

Numa tarde estiada, o sol brotando morninho, a vimos passar vestida de várias cores, toda espevitada com um véu cobrindo o rosto. Então já estavam nos últimos preparativos. Os atores entravam e saíam num desvelo nunca visto. As provas em cima. Tivemos que dar um duro danado desviando a vista daqueles vaivéns coloridos dos últimos dias. Quem arriscava olhar arrependia-se, queria passar logo, sair daquelas prisões cotidianas, lavar a alma nos poços das fazendas. Ninguém falava com ninguém a não ser se tinha tal ponto passado a limpo, se podia emprestar o livro de latim. Nunca se referindo àqueles amontoados na porta semi-aberta do auditório. Já estavam furando o cerco dos ensaios. O padre Giovani berrava tanto com as cenas mal interpretadas que espantava a platéia. Aí todos debandavam. O interesse foi morrendo, e o nome da peça nem chegou a ser escrito. As malas já estavam sendo arrumadas, alguns carros abrindo suas portas, e o mundo abanando suas cortinas.

(1974)

A MULHER DAS MANGABAS

Vovó Daleça dizia "sai da janela, menino. Menino que vive na janela só dá pra mexerico". Eu saía e ficava zanzando, sem ter pra onde ir. A janela me chamava como um cachorrinho é chamado pela cinza. Vovó não gostava. Sentada, me dizia "fique não, Netinho, janela ficou pra moça namoradeira". Eu ficava ajoelhado nos pés dela e ela fazendo cafuné na minha franja do meio da cabeça até a testa. O resto era tudo raspado. Era bem fresquinha a minha cabeça. Vovó passava a mão e falava que eu ia ficar grande, um rapaz muito bonito. Ia ser a cara do vovô. Minhas sobrancelhas eram iguaizinhas às dele. Sem pensar em nada, as nuvens voando finas, só aquela mão velhinha me alisando e aquela sonolência. Uma vontade de enfiar cada vez mais minha cabeça nas pernas dela. Mas sem maldade nenhuma. Quando cresci um pouco mais, ela não deixou. Que eu já estava na idade de menino de rua. Não sei por que me senti para sempre expulso de suas pernas. Cá comigo: vou ficar na janela só pra ela me chamar. Não chamou, nem me deu passa-fora. Nem aquela tarde nem nunca mais. Que que estava acontecendo? Será que estava ficando cega? Mas não. Ainda bordava pés-de-galinha nas barras das toalhas até escurecer. A verdade demorou muito a vir. Ficava o tempo todo na janela, vendo as mesmas pessoas pra cima e pra baixo. Seu João com o cavalo de manga, o cabresto já todo roído e o bichinho tristonho, num passo de última viagem. Eu gritava "ei, manga", e me escondia. Ele parava o cavalo na porta, tirava o chapéu e "dona Daleça, quer manga hoje?". Vovó fingia que não tinha escutado nem estava vendo ele. Sabia que eu tinha chamado só de brincadeira. Ele se montava e ia cai-não-cai.

Depois dessas tardes cheias de chamados, vi que vovó estava gostando mais de mim e se divertia também. Notando a aliada, pegava a gritar tudo o que era fruta que passava. Quando era a vez da mulher das mangabas, ela me puxava devagarinho e no meu ouvido soprava "grite não, Netinho, senão ela vem perguntar". Eu ficava intrigado. Por que com os outros ela não se incomodava de dizer "não quero não, ainda tem muita fruta aí, sou eu sozinha mais Netinho". Agora com a mulher das mangabas, ficava toda encalistrada, feito peru no terreiro. Uma tardinha, eu já sentava na janela, me sentindo dono da rua, perguntei "vovó Daleça, a mulher das mangabas já vem, por que a senhora não gosta que eu chame ela?". Vovó agarrou a chorar de olhos enxutos, o nariz fungando, olhando longe como perdida nos tempos do vovô. Eu, que ficava logo emocionado se via alguém chorando, desci correndo da janela. No quintal, fazia círculos, querendo esquecer a pergunta. O chão riscado, sem nenhuma brecha, e a perseguição do mas-por-que-a-senhora-não-gosta-que-eu-chame-ela? Fiquei por ali um pouco mais. Dei tempo pras coisas voltarem ao normal. Garatujei nas paredes com carvão. O muro me mostrava círculos confusos se encontrando. Fui pra sala. Vovó limpava os olhos com as costas da mão, olhando o chão sem ver nada. Nem levantou a vista.

Rondei a sala, fui até a porta sem me atrever a uma palavra de consolo, a uma pergunta qualquer. Me sentia culpado de sua tristeza só por causa de uma mulher que vendia mangabas. Fiquei odiando tudo o que lembrava mangaba. Até o picolé que eu tanto gostava. Veio uma vontade de falar umas coisas boazinhas, porque já estava tão velhinha e chorando tanto, "a senhora enfraquece, vovó". A frase não saiu.

Engasguei e saí tossindo. O pombo no pátio com um caroço de milho alargando o pescoço. E vovó Daleça chorando que nem eu quando sentia saudade de nada. De noite, nem eu nem ela comemos direito. Ficamos lá na sala mesmo até a escuridão tomar conta de tudo. Fui acender a placa que o vento não apaga nunca. Botei também os pratos na mesa. Vovó não saiu da sala e me pediu pra não trazer a luz. O melhor mesmo era ficar no escuro como as almas penadas. Fiquei muito confuso. O que eu achava pior era ser como as almas penadas. Voltei pra cozinha. Sentado no banco, esperava de mão no queixo a chaleira ferver. Fiz o café que ela gabava tanto. Vovó Daleça se deliciava bebendo o café ouvindo no rádio suas músicas do passado. Notei uma vez ela enxugando os olhos sumidos por causa de um "sonhei que estavas tão linda". Em mim, veio logo a vontade de chorar também. Como homem não chora, fiquei um tempão com a boca na xícara. De tanto molhar a boca, o nó da garganta se desfez. O café esfriou e eu ainda com a xícara na boca. Aí vovó falou "menino, tá tomando café de sobejo?". Mas não estava não. A vontade de chorar já tinha passado, me levantei e ela ficou ouvindo o restinho do programa.

Naquela noite nem tudo correu bem. Tomei café sozinho. Lavei a caneca de ágata, dei comida pro gato e doido pra voltar pra sala. Queria ver como estava vovó Daleça. Dormia de um sono só. A luz na mão fazia sombras medrosas na parede. Eu ia ter que enfrentar o breu sem nenhuma voz ao lado da minha. Não só teria de ir pro quarto sozinho, como nunca mais ia ter as bonitas histórias do cego que casou com Naninha e, principalmente, as de meu bisavô nos arrozais. Essas, ela contava com tanta firmeza que dava pra ver o pai dela caminhando chape-chape nas águas do brejo. Ia adormecendo pouco a pouco, a voz mansa ficando longe longe até eu me perder nos difíceis caminhos de mim mesmo. Meus sonhos sempre foram complicados, cheios de papa-figos, como falavam. Homens pagos pra roubar meninos vadios e matar. O fígado era tirado pra botar como remédio nas feridas dos ricos doentes. Ficava sempre numa aflição medonha se um menino vagava sozinho pelas estradas. Às vezes o menino era eu. Amanhecia com mais vontade de estudar. Vovó ficava alegre com a minha disposição depois dessas noites penosamente caminhadas. Pensava que era de suas histórias.

Sentado no batente, esperava ela abrir os olhos e me levar pra cama. Arrotava forçado. Assobiava. Lutava pra me lembrar do "sonhei que estavas tão linda", a sua música predileta. Em vão. Só vinha o "xote das meninas". E nada dela acordar. Fui ficando aperreado, o coração me apertando. Me deu um negócio feio por dentro que anos depois se chamou angústia. Não quis gritar por ninguém. E mesmo a rua só tinha umas quatro ou cinco casas de vizinhos que se detestavam. Foi muito ruim tudo aquilo. Alguns candeeiros já estavam sendo recolhidos, tudo tomando a sua negridão. Entrei e puxei bem de leve a mão dela, sussurrando bem baixinho "vovó Daleça, vovó Daleça". Foi acordando, os olhos iluminando o meu rosto suado. Apertou minha mão, deu uns tapinhas no meu ombro com um "vá dormir, Netinho, você ainda tá acordado, vá dormir, vá". Comecei um pranto tão meu, tão Netinho, que ela não conhecia. Nada fez ela se lembrar das histórias de vovô, pai dela, nos campos de arroz. Chorava no peito, as lágrimas querendo abrir caminho. Entrei no quartinho e achei tudo muito apertado.

Demorei a dormir com o rosto molhado, sem dar vazão a tanto choro. Fiz promessa pro sono chegar. Nada de sono.

Pensava em vovó lá na sala e no modo tão triste dela me mandar pra cama, "Netinho, já é tarde", na segunda vez que falou. Aquela tristeza repentina de vovó Daleça batia-me na testa exigindo resposta pronta. Coisa nenhuma me trazia a maldita mulher das mangabas. Só descobri no outro dia ao me lembrar de um sonho com cestos de mangaba e eu dentro todo sujo. Lutava pra tirar o visgo e me sujava muito mais. A mulher aparecia com a saia de vovó Daleça e me lavava todinho. Vovó aparecia de cara amarrada e "já pra dentro, menino, não vê que essa mulher tá te lavando?". Só então notei que era a tal mulher das mangabas e eu num estado que não conhecia antes.

Acordei sem forças, parado, sem coragem de mover um dedo. Fiquei assim o dia inteiro. Queria ir na sala ver como vovó tinha passado a noite. Chumbo nas pernas. Nem quis passar a mão na testa. Pegava fogo. Também não tive vontade nenhuma de gritar por ela. Cadê voz? Ela estava com raiva de mim de verdade. E talvez nem fosse por causa daquela mulher enjoada.

Meio-dia. De mansinho, passou pela porta do quarto. De longe mesmo: "Pois é, Netinho, nem foi pedir minha bênção hoje". O final ouvi baixinho, ela metendo a caneca no pote d'água. Ainda quis dizer "vovó, traga pra mim também". Os chinelos se arrastavam de volta. Estava velhinha e cansada. Tive pena dela voltar só pra me dar de beber. A sede estalava dentes, garganta, língua. E aumentou quando o raio de sol passou pela brecha das telhas e se assentou na minha cara. Nem me movi. Estava muito quente, mas fiquei foi arrepiado. Me enrolei mais no lençol. Peguei no sono de novo. Acordei de noitinha com a ave-maria nos rádios dos vizinhos. Tudo no escuro. Queria saber onde me achava. Ao abrir os olhos, pensei despensa da escola. Depois, confessionário de padre por dentro. Depois de muito pensar, com o são Benedito na parede, meu quarto brotou duro e afiado. Estava ali desde ontem. Não me sentia mais ligado a ninguém. Antes era o Netinho da vovó Daleça. Agora, solto no mundo, desenlaçado, cachorro sem dono. Se viesse um circo garanto que eu ia. Me misturava com os outros meninos e fugia para sempre. Não tinha mais vovó Daleça, de que me adiantava ficar naquele deserto? Tive raiva de mim mesmo por não ter pensado nunca numa coisa assim. Pra mim, a vida inteira eu ia ser o querido dela. Depois de grande, ia trabalhar, morar numa casa melhor. Vovó Daleça tendo desde o prato de louça até um radinho de pilha que não chiasse tanto. Lembrando a última noite, fiquei sem entusiasmo. O melhor mesmo era me ir de vez. Tomei decisão forte. Amanhã vou-me embora. Se ela já nem liga pra mim é porque não faço falta. Antes eu falo, "vovó, já vou". E se ela vier com perguntas, digo só "já vou". E saio.

Desde anteontem sem ver a rua, sem ocupar o meu lugar na janela. Deviam ser já umas quatro da tarde. Todas as frutas já tinham passado. Do meu lugar, tinha ouvido todos os gritos conhecidos. Menos o da mulher das mangabas. Vinha sempre perto das cinco horas, a cara pegando fogo debaixo do cesto enorme. Os braços pendurados, roliços de tão bem-feitos. O mesmo grito fino como se fosse de colega amigo pra brincar. E furou as paredes, me fez pular da cama, força estranha me arrancando da madorna. Corri pra janela e nem vi vovó sentada comendo carocinhos de abóbora. Só a voz me envolvia, fazendo-me ver o mundo girar pela primeira vez. Ainda a alcancei na esquina: "Ei! Mulher das mangabas!". Minha voz saiu em falsete. Ela ouviu e vinha um pouco mais risonha que nos outros dias. Tinha os dentes furados e eu tive pena dela. Vender tanta fruta gostosa e não ter dentes bons. Ela chegando, eu parado, o cesto no chão. Fiquei olhando pra vovó, que continuou comendo os carocinhos. Olhei pra cara dela, esperando choro. Nem sinal. Quis pedir dinheiro. Não tive coragem. A mulher, mãos na cintura, esperando meio riso, meio impaciência. Decisão não vinha. Vovó num mastigar miúdo sem nem ver o meu vexame. Meu olhar pousava numa, demorava noutra. Silêncio completo. Finalmente levantou a vista rancorosa, cheia de inimizade. Sem dizer palavra, sacudiu a saia de xadrezinho preto e se foi pra dentro.

A mulher à espera dum quero ou quero não. Eu que tinha agora de dar uma resposta. Sozinho defronte dela. Aí eu falei "não quero não, só chamei de brincadeira". Todo desconfiado, sem ter onde botar as mãos. A mulher se abaixou pra pegar o cesto e eu dei uma mãozinha. Foi quando vi duas mangabas bem grandes e bem doces balançarem dentro da blusa daquela mulher. Ela saiu e notei também que se balançava um pouco, a saia prum lado e pro outro num balanço bonito ao compasso do peso do cesto. Ri. Ri mais ao entrar em casa. Fui pro quintal e brinquei sozinho correndo atrás dos pombos. Notei uns bicando a cabecinha do outro. Tudo girava e balançava como a mulher das mangabas. Era muito bonito como só o mundo pode ser bonito. Não achei vovó Daleça por lá e não estranhei. Já que ela me evitava, eu também não ia ficar chorando pelos cantos. Se me encontrava na sala, ouvia latas se batendo na cozinha. Se ia pra cozinha, ela já estava no quintal. Parecia até que estávamos brincando de esconde-esconde. Não sei se ela chorou ainda alguma vez mais. Todas as tardes a mulher das mangabas vinha socorrer os meus chamados e partia se remexendo, me deixando muito mais remexido. Depois apanhei amizade com uns meninos da rua. Não veio circo pra partir, mas encontrei muitas vezes a mulher das mangabas a dar mel a nós crianças.

(1974)

PARÁBOLA DOS GATOS AO AMANHECER

Uma coisa é ver os outros fazendo, a gente fazer muda logo a cor do pano. Por essas e outras é que dona Dasdores não podia falar dos namoros de hoje em dia. Era uma mulher cheia de religião, sempre às voltas com missas, ladainhas, procissões. A filha é que botava tudo a perder. Isso no nosso modo de ver. Quando a noite ia chegando, as cadeiras começavam a aparecer em cada porta. Café tomado às pressas, pratos pra lavar amanhã, conversas sobre milagres, assombrações e perdas. Apontando pelos mulungus, Deodato, no cavalinho bem arreado, anunciava nas esporas a maledicência do mundo. A rua era logo tomada de um delírio de abanos rasgando o ar quente cheio de cochichos. Mamãe, tia Nora, tia Lica, fingindo desinteresse, só chegavam à porta pra tomar uma fresquinha assim que terminava o noticiário do rádio. Todo mundo conversa mole, catando pedaços de um dia tal qual o de ontem pra prosa não morrer. Quando morria, olhares pousavam como mariposas em Deodato e Dilurdes. Ela, pelos doze, treze anos, branca como cera, capaz de desmaios e suspiros mais fortes que o vento nas noites de tempestade. Ele, numa idade de incerteza, ora mais velho, ora mais novo que todos nós. Morava no não-sei-onde, nunca dando as horas pra seu ninguém.

A nossa rua era curta, de casas mal alinhadas, rebeldes ao meio-fio. Das calçadas partiam ditos espirituosos, falavam indiretas sobre a cara enfiada de Dilurdes no colo do rapaz quando a luz dos postes ia ficando mais fraca. Outros diziam que, quando a luz ia embora de vez, ela montava nas pernas dele na maior sem-vergonhice. Nunca pude ver nada do que falavam. Se era lua cheia, eu ia pro morro de areias brancas. Se era noite de escuro, eu ia dormir cedo. No outro dia pela manhã, meus colegas me chamavam pra passar pela calçada de dona Dasdores. Eles olhavam atentamente o chão, procurando as marcas de Deodato. Alguns riam apontando manchas, os menores sem entender. Dona Dasdores vinha lá de dentro com o balde cheio d'água e jogava na gente, mas felizmente nunca molhou ninguém. A filha, a gente nunca via. Só podia ou sair muito cedo ou ficar dormindo pro namoro da noite. Estudar ela não estudava, porque só tinha mesmo uma escola. Era muito misteriosa, sempre agasalhada. Eu tinha vontade de ser amigo dela, mas se me vissem por lá podia perder todos os amigos. Preferia ficar acompanhando os falatórios de longe, sem me misturar, sem tomar partido. Dona Dasdores morava ali só podia ser por comodidade. Não se dava com ninguém. A igreja era perto. Mal tocava o sino, partia com um véu preto deixando aparecer pelos buracos os cabelos em tocha. Até parecia que a corda do sino era atada nela.

Quando voltava da escola, eu tinha vontade de furar o cerco, descobrir o mistério daquela casa. Minha prima quis uma vez ir lá, fingir que queria ver revistas, pois Deodato trazia sempre muitas. Tia Nora falou que não. Quanto mais distância, melhor. Quis depois fazer um trato com ela de irmos juntos, mas tia Lica vinha chegando e não deu em nada.

Aí deram pra falar que Dilurdes era alma do outro mundo. A mãe tinha feito promessa pra ela ficar boa em criança e tinha dado ela pra Satanás. Que ela já era morta há muito tempo e que aquela brancura não era normal. Que aquele tipo de namoro só podia ser de quem estava com o diabo no corpo. Diziam que quem dava banho era a mãe e que precisava passar talco nela todinha senão começava a feder. Eu achava aquilo tudo invenção, porque se Deodato dava tanto aperto e tanto beijo só podia ser gente de verdade. Dionísio até falou que um dia, olhando pela cerca, viu a mãe passando óleo nas entrepernas da menina e que só podia ser pro namorado escorregar melhor. Fiquei curioso. Quis ver se era verdade. Fui com ele, mas não vi nada. A cerca tinha tanta planta que ficava difícil botar o olho. Depois ele falou que era só nas sextas-feiras, na ave-maria. Ficou mais difícil pra mim porque era a hora da gente se reunir pra rezar em conjunto. Era a hora mais bonita do dia, com todos os rádios ligados, a mesma música se espalhando pelos telhados e pelos coqueiros onde os urubus começavam a pousar. Por isso não pude mesmo ir de novo com Dionísio. Ele me disse que depois que viu aquilo ficou com nojo de mulher. Pensei que era castigo e até gostei de não ter visto. Já pensou se eu também ficasse assim? Era melhor ser gato morto para os urubus comerem, como aqueles que deram para aparecer de repente no fundo dos quintais, obrigando todo mundo a fechar as portas por causa daquele fedor miserável. Foi na mesma época que Deodato deu para aparecer a qualquer hora do dia, trancando-se lá na casa com as duas. As pessoas ficavam marcando a hora que ele entrava e saía e toque a maldar coisas. Que agora era com mãe e filha.

Nas poucas vezes que olhei firme os namorados na calçada, não vi nada de mais. Ficavam brincando um com o outro, ele fingindo brincar de lagartixa subindo em coqueiro, correndo os dedos pelas pernas dela. Dilurdes ria um riso engraçado e ele tirava a mão. A mãe nunca aparecia. Deixava os dois a juízo. Certa hora a rua ficava no maior silêncio, todo mundo querendo ouvir o que os dois conversavam. O silêncio ia crescendo e nada acontecia, até que as cadeiras eram recolhidas e a gente ia dormir imaginando as coisas que gostaria de ter visto os dois fazerem.

Um dia qualquer e toda a rua falava em casamento. Que Dilurdes ia se casar mesmo. Dona Dasdores tinha ido encomendar umas costuras à minha tia Lica. As costuras se resumiam a uma colcha de cerzido. Choveu gente lá em casa pra encomendar bordados, tirar conclusões pela qualidade do pano. Se o noivo era de posses ou se era tudo pabulagem. Tia Lica, depois da encomenda, parecia ter perdido a arte que mais sabia, não conseguia dar um ponto sem desmanchar dois. Era muito calada, mas disse que a mulher era muito exigente. Só não tinha gostado do desenho, que era muito complicado.

Sem que avisasse, dona Dasdores veio buscar a encomenda antes do prazo, pagou pelo que estava feito e foi embora. Ficamos muito nervosos com o dinheiro deixado em cima do rádio. Ninguém queria pegar. Aquilo era dinheiro de Satanás. Pensaram em dar de esmola, mas esse não era o problema. O difícil era pegar. Enquanto isso, tia Lica gemia com dor de cabeça e febre. Foram tantas noites sem dormir direito que aquilo só podia ser conseqüência. E logo tia Lica, a mais cheia de saúde, que nem conhecia médico direito.

Quando souberam da doença súbita de tia Lica, foi um entra-e-sai de deixar qualquer doente pior. Uma outra tia que morava longe apareceu, fez umas rezas e passou uns banhos de mato. A casa foi borrifada com água de arruda e fumigada de charuto, o que fez muita gente ir embora. No outro dia tinha que lavar no rio a roupa que ela estava usando e triste de quem se banhasse naquelas águas. Tia Lica ficou melhorzinha e de noite ainda deu umas palavrinhas lá da cama mesmo. Nessa noite a calçada ficou deserta. Fomos dormir mais cedo, com mamãe de vez em quando fazendo chá.

Não dormimos direito. Não só por causa da febre de tia Lica, mas também por causa do miado dos gatos que estavam numa zucrineira dos infernos. Minha mãe gritava "xô diabos!", e o silêncio vinha por uns instantes. Foi uma noite cheia de gatos se enroscando, pra depois caírem num baque surdo no oitão. Eram uns gemidos agoniados, às vezes parecendo de raiva, às vezes de consentimento. Mamãe gritava "xô" e dizia "ô bicho escandaloso só é gato!". Falava que era uma pouca-vergonha, que se tivesse uma espingarda eles iam ver, com a fala nervosa, parecendo perto do choro. Foi uma noite de cansaço, todo mundo ainda mais nervoso quando os miados paravam. Quando a gente ia pegando no sono, vinha um miado sofrido, seguido de um baque nas telhas, parecendo que os bichos iam cair dentro de casa. Eu doido que amanhecesse logo e o sol apontasse. Foi uma noite em que ninguém dormiu.

Mal o sol furou as telhas, pulei da cama, fui pra rua e não encontrei ninguém. Tudo estava num profundo silêncio. Se apurasse os ouvidos, dava pra ouvir um ressonar saindo pelos telhados. Caminhei pra cima e pra baixo, passei várias vezes pela calçada de dona Dasdores olhando pro chão. Numa dessas idas e vindas, senti um cheiro forte de coisa apodrecendo. Dois gatos mortos num beco entre minha casa e a de dona Belinha. Estavam tão grudados um no outro que pareciam ter sido colados. Firmei minha vista e nos olhos deles tinha uma goma amarelada muito nojenta. Quando deixei os dois pra lá, já tinha gente na rua falando de carniça. Alguns abriram a porta chutando os bichos fedorentos, tapando o nariz.

Quando entrei em casa, mamãe e minhas tias passavam o maior vexame porque tinha um casal agonizando no nosso quintal numa posição escandalosa. O maior alvoroço tomava conta da rua. E Dionísio já vinha gritando que a janela da casa de dona Dasdores estava aberta e dentro a maior escuridão. Esperamos que elas também aparecessem pra falar dos gatos mortos. Mas não apareceram nem naquela hora nem nunca mais. Tinham ido embora sem que ninguém visse. Quem vimos mesmo foram alguns urubus impacientes. Teve casa que eles chegaram a comer gatos lá dentro mesmo como se não tivesse moradores. A casa das duas ficou lá abandonada, se acabando aos poucos. Hoje, no lugar, um monte de ripas, barro e madeira suja. No quintal, um monte de mamoneiras que já dão para esconder um casal de namorados.

(1974)

TIA NAPALMA, COITADA

A cadeira de tia Napalma, coitada, estava no corredor só porque era mais fácil de tia Daiá ouvir os chamados dela pra fazer as necessidades? Era uma mulher paralítica, "desde mocinha, meu filho", dizia tia Daiá com os olhos cheios de cinza. Mexia um pouco com os braços, um pouco a cabeça. E só. Os olhos é que eram vivos, parecendo a única coisa boa que restara. Tia Daiá tinha feito mudança na casa porque, da última vez que fui lá, a cadeira era no quarto como para dar a entender que ela morava só.

Por isso me assustei quando vi tia Napalma, coitada, ali no corredor toda compridona na cadeira que nem era de roda porque ela não tinha força num dedo, quanto mais num braço pra se movimentar. Fui vendo que a minha cama estava no lugar da cadeira no quarto e ela ali recebendo o sol na carinha mirrada. Tia Daiá estava na cozinha, como sempre, com seus quitutes, porque sempre vivia esperando visitas que nunca vinham.

Tia Napalma, coitada, me viu entrar e ficou alegrinha porque eu ficava sempre perto dela, olhando aquela coisa parada, pouco sinal de vida. Aí eu ficava pensando onde estava a vida da gente, se era nos olhos, porque era a última coisa que lhe restava de são. A boca, pra comer ultimamente, tia Daiá abria com uma colherzinha de plástico que não feria muito. Ela botava o alimento pelo cantinho e o resto caía sempre no babado da blusa. Por isso que toda blusa que ela usava era cheia de babado. Era só tirar, lavar o babado e pronto. Eu ficava assim pensando e quase que entrei em desespero uma vez quando acordei de noite com o braço que não era meu, sem saber onde ele estava. Mas, felizmente, aos poucos foi voltando ao normal.

Tia Daiá da cozinha, "é você, meu sobrinho, vá entrando que eu já vou". Eu perguntei, então, "tia Napalma mudou pro corredor?". Ela disse "foi porque às vezes me chama e eu não ouço daqui. Você vai dormir no meu quarto". Fui chegando mais pra perto da cozinha e vi que o penico de tia Napalma estava junto do fogão. Era outra mudança. Tia Daiá, ao me ver olhando pro penico, disse "é porque assim que ela me chama vou logo correndo e ela não faz na cadeira". Achei aquilo uma nojeira. Quis perguntar se ela lavava bem as mãos, mas não tive coragem porque ela ia pensar que eu estava desconfiando da limpeza que ela fazia na casa. "Mulher limpa tá ali", dizia mamãe. Mas eu achei que não. Ela parecia outra, sobretudo no modo de fazer limpeza. Como eu ia passar uns dias por lá, ia poder ver se era ou não nojeira mesmo.

Fui pro quarto, passei por tia Napalma, coitada, que me acompanhava com o olho vivo. Abri a cômoda de livros porque lia tudo que encontrava. Agora estava lendo escondido *O tempo e o vento*, um livro bem grossão que tia Daiá não queria que eu lesse. Eu lia aos pedaços, o sentido nos passos no corredor pra ela não me pegar contrariando suas ordens. Gostava sobretudo da parte do índio cobrindo com seu corpo o corpo de Ana Terra. *Dom Quixote das crianças* eu já tinha lido. Procurei outra coisa pra ler, mas só encontrei *O mártir do Gólgota*, que não me interessou. Voltei pro *Tempo e o vento*, pra ler mais um pedaço proibido.

Quando estava no melhor da leitura, tia Napalma, coitada, deu um guincho. Tia Daiá veio lá de dentro já com o penico na mão. Eu, já meio desconfiado, fiquei olhando quando tia Napalma, coitada, terminava tudo, uma coisa complicada, tia Daiá metendo o penico por baixo das coxas finas da outra, fazendo uma cara maluca que não era de nojo nem de desgosto. Tia Napalma, coitada, terminou e tia Daiá saiu. Depois de uns dois minutos fingi que ia beber água e encontrei lá o penico com tudinho ainda dentro. Aí eu fiz fum pra dizer que estava fedendo. Tia Daiá disse "daqui que encha, falta muito". Pensei que estivesse falando do garrafão onde ia colocando o mel que apanhava. Mas não foi não. Foi da merda de tia Napalma. Voltei pro quarto e fiquei na minha leitura até o anoitecer.

Saí de lá e fui pro poço lavar os pés. Voltei, acendi o candeeiro. Na sala não tinha nada pra ver nem fazer. Fiquei olhando a chama pra lá e pra cá. Soprava até parecer que ia se apagar e apagou mesmo. Tudo no escuro. Tia Daiá na cozinha. Tia Napalma, coitada, no corredor. Na cozinha, o fogo estalava e vinha aquele clarão que enchia a sala. Tia Daiá veio daí a pouco e falou "menino, você tá no escuro? Não tem medo de alma do outro mundo?". Falei que nunca tinha visto. Ela disse "pois ainda vai ver" e foi até o quarto buscar o lampião. Voltou, acendeu e foi pra cozinha. Depois tomamos café e fui dormir até de madrugadinha quando tia Napalma, coitada, chamou (chamar mesmo, não) por ela. Ela foi sem nada na mão. Fiquei com o ouvido atento e parece que ouvi um estalinho. Tia Daiá voltou quietinha, meio risonha ou era sem a dentadura? Apagou a lamparina e dormiu.

De manhã, me levantei cedo, fui lavar o rosto. Tia Daiá foi pra cozinha e tia Napalma, coitada, como sempre, lá no corredor. Depois veio o café, tomamos em silêncio. Tia Daiá só fez perguntar se eu não queria cuscuz com ovo. Eu não queria comer porque estava com nojo de tudo naquela casa. Até dos pratos lavados. Terminei de comer com muito esforço. Fui lá fora ver o quintal, se tinha alguma planta nova. As begônias estavam mortas; as onze-horas, muito murchas. Os gravatás é que avançavam com toda força. Aqui tá tudo mudado, pensei. Antes, tia Daiá cuidava tanto pra não deixar os gravatás crescerem e agora estava tudo ficando abandonado. Se ela não tomasse cuidado, em breve iam pela casa adentro. Por que ela agora parecia só gostar de coisa ruim?

O sol estava de escaldar a terra se se jogasse um pouco d'água naquela hora. Voltei pra casa e olhei pro corredor e vi tia Napalma sempre acordada, coitada, com a boca toda franzidinha em forma de *u* ao contrário no lábio de cima. Acho que, se ela fechasse os olhos, nunca mais abriria. Passei por ela, ela me olhou mais alegrinha, as mãos pousadas em cada lado do corpo, os braços cobertos e cheia de babados no pescoço.

Tia Daiá sempre na cozinha. Eu olhei e vi as sujeiras de tia Napalma, bem no pé do fogão. Certas horas ela parecia estar rezando, olhando dentro do penico. Me deu vontade de pegar e jogar tudo no mato. Quando fiz que ia pegar, ela voou em cima de mim e tomou o vaso com um olhar de censura muito forte, como se aquilo fosse coisa sagrada. Me deu vontade de dizer pra ela que naquela sujeira eu não ficava. Mas como na cidade eu não tinha onde ficar, me calei. No almoço comi quase nada. Um gosto de fruta amarga na boca. Antes mesmo de terminar, saí da mesa, passei por tia Napalma, coitada, e me deu vontade de falar com ela qualquer coisa. Queria ver se ela me entendia. Olhei com riso de amigo, ela parece que concordou. Voltei. Olhei pra sala e tia Daiá me olhava como se eu tivesse descoberto algum segredo. Saí desconfiado. Chegando lá fora, vomitei tudo. Estava doido pra chegar de noite, dormir e no outro dia ir embora. Não havia nada ali que me prendesse. Se a casa da cidade estava cheia, azar, quem mandou encher de gente sabendo que não tinha lugar! Agora via também que também ali me sentia mal.

De noite comi pouco. Dormi um sono só. Pensava que já tinha dormido muito. Olhei pro corredor e vi que tinha luz acesa na sala. Então tia Daiá ainda estava acordada? Quis pedir água só pra ter certeza que ainda estava naquela casa. Mas fiquei calado debaixo do lençol embora o calor fosse horrível. A sede me sufocava. Quis me levantar, mas tia Daiá já vinha no seu chambre encardido. Quando sentou na cama pra rezar o terço, tia Napalma, coitada, deu o guincho. Ela saiu e ouvi o mesmo estalo da noite anterior. Parecia tomando remédio. Imaginei aquela boca encarquilhada se melando de xarope. Achava tudo muito nojento. Quis me levantar de novo. Ouvi o estalinho pela segunda vez, como de língua saboreando mel. Fiquei doido pra saber que remédio era aquele que ela só tomava naquela hora. Na outra noite eu ia matar a minha curiosidade. Perdi até a vontade de ir embora. Queria acordar pra chegar logo de noite no outro dia.

Passei o dia todo sem comer quase nada. O dia seguiu seu caminho de sempre. Tia Napalma, coitada, me olhando diferente, com os olhos mais vivinhos. Fui perguntar a tia Daiá se não queria que eu limpasse o quintal. Ela nao quis. Tia Napalma, coitada, lá na sua caminha. Tia Daiá, perto do fogão e perto das nojeiras, ajoelhada, rezando. Pensei em pegar escondido pra jogar no mato, mas tive medo. Quis chutar com o pé, mas fiquei pensando que podia pegar em mim a doença dela. O meu pensamento nos estalinhos da madrugada.

O resto do dia passei entre a ansiedade das descobertas e o medo que elas revelam. Fui dormir com o pensamento voltado para aqueles chamados de urgência de tia Napalma, coitada. Dormia e acordava. Dormia e acordava. Numa dessas idas e vindas, ouvi o tal barulhinho. Levantei-me descalço, fui até o corredor, onde vi Daiá inclinada sobre tia Napalma, já saindo. Ela não me viu. Só tia Napalma é que parece ter me notado. E se movia mais um pouquinho. Então ela tinha outra vida sem ser a dos olhos? No outro dia, tia Napalma parece até que se mexia ainda mais um pouquinho, ou era só impressão minha? Tudo continuou como estava enquanto fiquei por lá. Tia Daiá com as suas nojeiras, e tia Napalma com seus estalinhos da madrugada.

(1974)

O CRIME DO PARQUE NACIONAL

Um homem, agitado pela súbita inclinação do terreno, abre bruscamente a porta do carro. Retira de dentro um monte de panos limpos. Entrega a uma mulher de roupa simples e gestos longos. Um choro abafado ultrapassa os lençóis. Por todo o parque se ouvem as passadas de grupos de três e quatro pessoas que se dispersam em várias direções. Mulheres idosas, uniformizadas de escuro, formam o batalhão das voluntárias. O domingo é de sol e de gargantas secas. Por isso, o choro da criança fez-se ouvir mais fácil, pois o silêncio agigantara-se até aquele momento, convergindo todo para o seu ápice. As mulheres, de escuro, se distribuem em grupos, guiadas pela preferência do homem que persegue o lugar desejado. Algumas param para sentir um pouco de frescor nos pés atados. Retiram as sandálias cuidadosamente escolhidas e mantêm-se num difícil equilíbrio, pouco afeitas àquele tipo de solo. A água límpida desce ainda sem as gotas de sangue de um dia intangível. Os homens, tão ou mais gordos que a tropa feminina, param numa pausa refrescante e mostram, aliviados, o peito branco à luz do dia. Pateticamente puxam crianças, que, de inocência em punho, retiram-se para lugares ermos e frios. Os jovens abusam do colorido, as cartas na mão, mas sentam-se no chão gramado, de preferência à sombra. Nesse momento, parecem ter cessado um pouco as diligências, apesar de se ouvir de vez em quando o bulício de rodas nos declives do parque. Pelas ramagens, sentando-se no alto da cidadela, qualquer um pode sentir o momento estagnado, misturando-se ao som perdido de um alto-falante que emite uma música nervosa. Todos permanecem calmos e opacos, apesar do parque e suas águas.

Os batalhões se sucedem de minuto a minuto. Caminhos se bifurcam. Num súbito passo, dos desprevenidos pendem frases que se perdem para sempre. O máximo que fazem é passar a língua nos lábios quase sangrando do frio e continuam a andar sem grandes precauções. Todos sabem que é domingo. Para a esquerda (pode ser por ali) os caminhos se distanciam dos lugares convenientes para o registro dos fatos. Todos preferem, no entanto, os caminhos à direita, com pistas mais largas para investigações. As fotos se sucedem sem parar. Desse lado, as águas correm com exatidão e qualquer mancha será indício de sua impotabilidade, nunca do crime. As mãos se estendem, dedos crispados, a concha próxima da boca, os olhos situados num além invisível. A sede buscada de última hora, saciada, mas sempre renovada perto das fontes.

As encostas, em declive gramado, convidam a descidas bruscas e possíveis quedas fatais. Do alto, uma criança é empurrada fingidamente pelo avô, fazendo-a rir assustada e ao mesmo tempo segura do gesto dele. Dois homens, um pouco antes, já tinham despencado do mesmo local, carregando os filhos nos ombros, sob o olhar perdido das mães, que se pentearam para testemunhar atos heróicos como esse. Querendo encontrar a sua pista, uma menina pede à mãe para contornar o lago, mas as pedras lodosas exigem engenhosidade e cuidado redobrado. A menina contenta-se com jogar pedrinhas na água. Rapazes seguram fortemente os braços de moças indefesas e assustadas. A grande caça prossegue em ritmo acelerado, as gargantas sufocadas pelas perigosas caminhadas e buscas infrutíferas. As árvores, nesses declives, têm espinhos e parecem colocadas de propósito para que todos sintam o que é a crucificação ao tentar outros caminhos. Algumas crianças conseguem subir por essas escarpas, apesar do medo de se ferirem. A volta é sempre um giro de 180 graus pela pista superior, simples e bem clara ao sol. As mães, ainda de uniformes impecáveis, as esperam lá embaixo, aflitas e temerosas. Sentem, no peito, que o dia é perigoso.

Há, porém, os que desistem fácil da empreitada. Arriscam poucos passos e se deitam na grama. Um rapaz reclama do corpo em farrapos e que quase morreu congelado. Caíra na água, empurrado pelo irmão. Suas lamentações se perdem no abismo do ronco do carro em ré violenta. A essa altura, parece haver um cansaço na multidão dispersa, e todos tratam de ceder seus lugares a quem tiver ainda o desejo da busca. Ali, nenhuma árvore é frutífera. Duas mulheres, uma de maiô, deitada, aproveitando o sol, ouve de olhos fechados as notícias lidas pela amiga. Semilascivamente abre as pernas num ritmo lento, a mão roçando da base da coxa até o joelho, numa carícia suave em contraponto à grama espinhenta. Para ela, pouco importam os escândalos britânicos. Por elas passa um casal que já fez duas rondas, tendo, à frente, tateando o chão de um lado a outro, uma criancinha cambaleante. O pai imita o passo da filha, para ver quem chega primeiro. A garotinha vence, sob os aplausos da mãe.

Grupos de caça se perdem. Um ou outro volta ao ponto de partida, à espera. Com assobios codificados é fácil recapturar os extraviados, mas felizmente ninguém veio ali para se perder. Os que têm mais dificuldade nos caminhos são as mulheres e os casais idosos. Estes, em decisão tomada com antecedência, pisam com cuidado, o medo das patas denunciadoras. As filas indianas se multiplicam nas escadinhas espirais.

Casais jovens olham atentamente para cima, de boca espantada, enquanto os mais velhos se decidem o primeiro passo no degrau.

Um rádio de pilha parece transmitir notícias alarmantes. Uma voz feminina canta que tem mais de vinte anos e mais de vinte perguntas sem respostas. Depois dessa voz, é a vez de um cantor que expressa seu desaponto diante da iminência de ser abandonado. Mais declarações prosseguem nos sons estridentes do alto-falante, que não dá um minuto de trégua ao que deveria ser um domingo.

Quatro e meia e os guardas apitam a retirada. Um verdadeiro arsenal de panelas e marmitas atendem o som de recolher. A mesma mulher da manhã, repudiando a hora, franze o rosto, olha para o outro lado e vê um homem enrolando lençóis não mais tão limpos como os da manhã, enquanto uma criança adormecida lhe é passada cuidadosamente. Caminhando para o lado esquerdo, alguém parece ter encontrado o lugar exato para o registro das últimas fotos. De máquina em punho, um homem fotografa a mulher subitamente envelhecida sem a luz do sol. As patrulhas parecem ter também notado algo de anormal e se dirigem para a pontezinha mais adiante. Chapas e mais chapas documentam as águas paradas do lago onde um pato nada solitariamente.

As pistas são muito estreitas e, em breve, a circulação dos veículos marcará encontros inesperados. Um casal acena para outro só para pedir passagem. Um outro põe a cabeça pela janela e força pela direita para alcançar logo a saída. Todos parecem nervosos, tentando apagar as pistas. Há também os que chegam tardiamente, o polido olhar através do vidro, decepcionados com os guardas intransigentes. Deixam transparecer o seu fracasso antes mesmo de qualquer investida no terreno.

Uma família deixa o carro no acostamento, salta rápido e, ao olhar a ladeira íngreme, perde a vontade de qualquer busca. Ali escurece muito rápido. Desanimados, retornam com a mesma rapidez ao carro, pensando talvez no próximo domingo.

Quanto a mim, recolho as últimas mensagens, enquanto o parque começa a ressuscitar em sua solidão de folhas amassadas e restos humanos. Os funcionários da limpeza começam a rolar grandes tonéis onde o lixo será lacrado. Abandono o meu posto lentamente. Amarro meus cadarços e só então vejo como minhas mãos estão sujas. Os guardas se impacientam com a minha demora e apitam freneticamente, expulsando-me do parque. Atrás de mim, as duas folhas do portão se entrechocam. Certifico-me das anotações que guardei no bolso, meu único álibi a isentar-me do crime que não sei se deixei também de cometer.

(1974)

BRINCAR DE MANJA

Meu irmão estava morto. Essa era a verdade. Meu irmão estava morto. Estava na rua brincando de manja e de repente foi caindo e já estava frio. Levamos o corpo mole pra dentro de casa e eu quase chorando. Minha mãe estava na cozinha fazendo doce de goiaba. Entramos vexados e ela nem se mexeu. Então falei pra ela que meu irmão estava morto. Ela nem ligou. Disse "é besteira, logo passa. Ele sempre gostou de fingir de morto. Ligue não. Bote lá na cama. Vou já". Arriamos devagarinho ele na cama e eu sentindo frieza de defunto nos braços dependurados. Quando mamãe falou aquelas coisas, eu senti um alívio muito grande. Não queria perder meu irmão de jeito nenhum. Ia ficar só no mundo, embora tivesse muitos outros meninos pras brincadeiras de rua. Quando eu e Nezinho ajeitamos as cobertas e o travesseiro, ficamos olhando pra cara dele com vontade que abrisse o olho e passasse por nós na maior carreira. Aí a rua ia pegar fogo de novo com as suas corridas desenfreadas. Eu nem olhava pra Nezinho pra não descobrir meu espanto no rosto dele. Um espanto cheio de esperança.

Da cozinha vinha o cheiro ativo da goiaba se queimando no açúcar com minha mãe dentro do fumaceiro. Punha uns tijolos pra pisar em cima porque era toda pequenininha e o tacho era alto. O braço não alcançava fazer a volta nele todo se ficasse com os pés no chão. Os pés eram também muito pequenos. Meu pai dizia que eram pés de passarinho. O cheiro do doce era forte, prometendo coisa gostosa, e eu não podia esquecer da cara fria de meu irmão. Toquei nos lábios arroxeados e fiquei tão pálido como só eu fiquei naquela hora.

Nezinho se foi tristonho avisar que não tinha mais manja naquela tarde. A rua não ia ter mais aquelas alegrias de joelhos feridos quando, sujos e suados, corríamos pra bica de dona Jovelina só pra ver a voz de velha sequinha vir de dentro da tapera dizendo "se lave, seus porcos, se lave pra ver se quem vai lavar vocês não é essa correia". A gente ficava arremedando com os dedos repuxando os cantos da boca, "se lave, seus porcos", e ela dizia que ia trancar o registro. Mas não trancava não. Agora ia ser muito triste pra todos nós, menos pra seu Zeca, que queria dar uma surra em nós dois. Dizia que a gente vivia pegando os pombos dele pra comer assados depois da manja. Ele vinha reclamar na nossa porta: "Sumiu pombo". E nós: "Mas, seu Zeca, quem tem coragem de matar uns bichinhos tão bonitinhos?". Ele: "Só podem ser vocês, seus filhos da puta. Com tanta pena desse jeito só podem ser vocês". Saía resmungando "um dia vocês me pagam". Comecei a ficar com medo. Meu irmão já devia estar pagando. E entrei berrando na cozinha. Minha mãe levantou a colher como quem vai dar na cabeça de alguém. Me deu a colher pra mexer enquanto ela ia no quarto ver se o que eu estava falando era verdade mesmo.

O meu braço estava doendo de tanto mexer aquela calda grossa e que engrossava cada vez mais. Esqueci por alguns instantes que tinha em casa uma desgraça feito a da casa do vizinho no dia da morte de dona Narcisa. E, lembrando o nome dela, achei que as velhas têm sempre uns nomes que parecem com o corpo. Dona Zefinha, magra. Dona Jovelina, nem gorda nem magra. A mais gorda era dona Tonha. Parei de me lembrar dos nomes porque minha mãe vinha enxugando o rosto. Era o suor. Eu queria saber se ele estava morto ou não. Passou a mão nos olhos, mas só pra se livrar da fumaça. Havia umas lágrimas mas podiam ser da fumaça também. A lenha estava muito molhada. O doce parecia nunca chegar no ponto. De vez em quando pedia um caneco d'água. Bebia quase todo e o resto colocava no tacho. Eu estava achando o doce mais demorado da vida. Olhava por entre a fumaça o rosto dela e nem sinal de lágrimas. Ou estava nervosa demais de choro preso ou queria terminar o trabalho para chorar de vez? O silêncio se espalhava junto com a fumaça saindo porta afora. Ia perguntar se ele estava morto ou se era só de brincadeira. Tive medo de levar um tabefe como sempre fazia quando estava nos azeites. Como uma mulher tão minguadinha tinha tanta força na mão, eu não sei. Fiquei engolindo o choro, sabendo que ia estourar mais cedo ou mais tarde. Do mais fundo de mim, subia uma bola que parava na garganta. Descia pra voltar com mais força. Diferente de tudo o que tinha sentido até agora. Nem mesmo quando um caminhão matou o meu cachorro. A inchação ia estourar. Corri pro quartinho fingindo que ia mijar.

Depois de trancada a porta, apertei os lábios com força. Fiquei sufocado. As lágrimas despencaram num silêncio profundo. Tapava a boca pra não soltar gemido, limpava os olhos, unia os lábios pra depois abrir puxando o ar pelo nariz. Passava o braço nos olhos, pensava em outras coisas e nada me distraía. Demorei-me um tempo sem fim nessa agonia. Meus olhos deviam estar vermelhos. Tirei o espelhinho do bolso. Estavam mesmo. E bem molhados. Iam demorar muito a voltar ao normal. Pedi à minha madrinha, santa Teresinha, que não deixasse ninguém vir bater à minha porta. Eu não podia atender com aquela cara. Nem que precisassem do quartinho. Felizmente ninguém apareceu. Paguei com umas ave-marias mal rezadas. Saí com a fé um pouco maior e as lágrimas muito mais compridas. Pra estancar o choro não fiz pedido. Santo só faz aquilo que não depende de nós. As lágrimas vinham de mim.

Sem nenhum ruído, olhei pela dobradiça da porta. Mamãe já estava botando o doce nas compoteiras. O grudado da panela era sempre comido por quem estava por perto. Era bom passar a língua no açúcar durinho que ficava na colher de pau. Mas quem ia ter vontade de comer depois da desgraça? Recuei num espanto quando mamãe sentou-se como quem lava roupa no riacho e principiou a passar o dedo no tacho. Comeu tudo e ainda lambia os beiços. Fiquei pensando se estava acontecendo tudo em sonho ou se era verdade de verdade. Toquei no meu braço pra ver se era eu mesmo. Era.

Mamãe levantou-se depressa pra lavar as coisas. Pulei pra perto do tonel. Ajudei a tirar água pra não ter que levantar a vista e mostrar meus olhos imundos. Acabado o trabalho, ela entrou e eu fiquei olhando pra dentro do tonel, vendo meu rosto deformado na água trêmula. Quando a água ia se acalmando, cuspia. Um olho tremia, o nariz se deformava. Nesse jogo passei um bom tempo e só depois me lembrei que tinha cuspido na água que servia pra tudo.

Seis horas. Tinha que lavar os pés. Mamãe, ainda atarefada na cozinha, mandou que eu fosse comprar o querosene. Estava sem nem um pingo e, se não corresse, a venda fechava e íamos dormir no escuro. Dormir com morto é ruim, no escuro, nem se fala. Ela sabia que eu não gostava de comprar querosene. As mãos ficam logo meladas. Basta pegar na garrafa. Nem olhei pra ela. Começou a rir da minha pressa. Nunca viu sujeito mais medroso. De volta, encontrei tia Rosa. Num jeito atrevido como quem por fim venceu, perguntou como ia a gente lá. Falei "bem, obrigado". "Dê lembranças." Morávamos perto, mas de pouca conversa. O marido era famoso por roubar galinha.

Logo que abri a porta, dei com uma escuridão nunca vista. Depois distingui o foguinho estalando. Não vi minha mãe. Estava bem na porta. Pegou na minha mão e tomou a garrafa. Tomei um susto tão grande que ela riu. Quem está no escuro há muito tempo vê melhor que quem estava no claro e entrou no escuro. Dei de banda e, pra mostrar que não estava com medo, disse alto "mamãe, encontrei tia Rosa. Ela mandou lembranças". Calada estava, calada ficou. Acendendo o candeeiro, engrolou umas palavras que terminaram com "de sua tia Rosa e daquele meu cunhado nem um bom-dia". A luz me acalmou e pensei que agora ela ia ver comigo meu irmão. Não entendia por que ela não chorava nem acendia uma vela. Pra onde ia, eu ia atrás. Sempre na esperança dele sair correndo e começarmos nossas brigas de amizade. Ela me perguntou se eu estava vendo visagem. Estava sim e ela não via.

O vento das nove horas ainda não tinha passado. No rádio de seu Diocleto apitavam as sirenas da *Resenha policial*, o programa mais chato do mundo. Não entendia como se gastava uma hora ouvindo coisas que não interessavam a ninguém. Seria muito melhor que tocassem Luiz Gonzaga, Ari Lobo, Marinês. Essa, eu achava a melhor cantora do Brasil. Quando ela foi fazer um show de circo, fiquei fazendo giros pra ver se via a entrada dela. Não vi nem entrada nem saída. Não sei como desapareceu. De outra vez, foi Adelaide Chiozzo, que tinha uma sanfona bonita. A macieza dos sons me deixava fofo por dentro. Nem me lembrava que tinha matemática no mundo. Nem irmão morto, se tocasse agora.

Estávamos todos na calçada, conversando animadamente, esperando o ventinho passar na hora certa. As mulheres abriam as pernas devagarinho. Jocelino dizia que dona Jandira nem usava calçolas pra sentir mais a fresca. Naquela hora, ouvia-se um farfalhar de seda de forro se abrindo e nas caras um espanto de quem chupa bala de hortelã e depois bebe água. As crianças brincavam de anel. Os homens bebiam na venda de seu Ranulfo. Só se dormia depois de tomar um ar. O pior foi que o vento não passava de jeito nenhum. Os mais impacientes iam apanhar abano na cozinha. Os outros se abanavam com a mão mesmo. A venda se fechou e nada do vento. Fiquei olhando tanta gente sem sono só porque o calor não tinha sido banido por uns instantes. Porque depois ficava até pior. Dona Auxiliadora apareceu pra dar uns dois dedos de prosa com a vizinha. Era difícil ela dar conversa com alguém. Não saía nunca da escola. Falou "que calor horrível, meu Deus". Não sabia como ia dormir daquele jeito. Achei bom. No outro dia ela estaria com sono e não ia ter aula. Eu já estava caindo de sono. Mas cadê a coragem pra ir dormir? No quarto estava meu irmão.

Acordei com dona Auxiliadora dizendo boa-noite pra minha mãe. "Como é que vão os meninos?" Me levantei. Ela perguntou "os meninos". Então ele não tinha morrido. Fiquei olhando pra cara de minha mãe, pegando tudo quanto era gesto que escapulia dos seus olhos. Queria agarrar palavra por palavra pra ver se descobria o que estava dentro dela. E nada. Falou o trivial e a professora se foi. Adormeci de vez pra acordar com o sol na cara. Todos tinham permanecido nas calçadas. O calor resinava nos pescoços roliços da casa de dona Liosinda. E dona Rute dormia com o dentão de fora. Roncava. Quis rir, mas me lembrei que estava triste. Era muito engraçado o dente furando o beiço. O sol foi ficando insuportável. Até que todos acordaram de vez, pegando as cadeiras pra botar pra dentro. Pelo jeito ninguém queria entrar.

A indecisão dos bons-dias deixava um mal-estar de se vomitar ali mesmo. Falei pra mamãe que era melhor a gente fazer o café do lado de fora. Fui apanhar uns tijolos e, arrodeando, fui na cozinha pegar a lata de pó e a chaleira. Nem quis olhar o resto da casa. Tomei café às pressas porque o sino da escola tinha soado mais do que de costume.

A sala ainda fechada. Pela janela entreaberta dava pra ver o carroção da aula de ontem que me deixou de castigo até duas horas. Tive raiva de mim, da escola, de dona Auxiliadora. Se aquela porta nunca mais se abrisse... ela já arrastava a madeira emperrada, acordando-me. Outros colegas já vinham chegando. Ela pediu logo pra colocar as carteiras na calçada. O calor estava demais. A aula ia ser diferente hoje. Como o sol estorricava a minha cabeça, fiz um chapéu de marinheiro com a folha de caderno. Ela elogiou a idéia, o que me assustou. Deu permissão pra todos usarem um igual. Pra ela, foi buscar um chapeuzinho de pano. De repente, a calçada começou a balançar como um navio. Um arrepio me fez correr pro banheiro mesmo sem pedir licença. Aquele barco ia afundar. Não tinha um que fosse bom no remo. E no mar não se pode brincar de manja.

Ao avistar as casas, tive nova decepção. Meus colegas nunca mais que fossem voltar, e eu não ia poder brincar sozinho. Me sentei debaixo de um coqueiro e deixei que toda aquela tristeza saísse com as lágrimas. Me achei o mais burro de todos. Resolviam tanta conta difícil com facilidade, menos eu. Agora ia ser chato ficar com aquela gente calorenta, sem um pingo de conversa com as crianças. Ia avisar pra todos que os filhos tinham ido embora num navio e nunca que fossem voltar. O melhor era ir logo pra casa e ver o que estava acontecendo.

De passagem pela casa de dona Zilá, roubei uns sorrisos. Veio logo a idéia de enterro. Meu irmão. Hoje ia ser enterrado. Achei o cúmulo levar sorrisos pro cemitério. Joguei tudo na rua com raiva dessas coisas confusas. Até as flores eram sem sentido. Sorrisos num enterro...

As calçadas estavam abarrotadas de panelas de barro. Quem cozinhava numa de alumínio balançava barriga de rei. Dona Jacirema fez uma do canecão de tirar água do pote. Arrotava forte. A rua estava que era feijão puro. Um cheiro adocicado, sem gosto de sal. O mundo insosso. Minha mãe mexia mais doce de goiaba. Para mim, merda e goiaba tinham um cheiro só. Só que com goiaba falavam que "cheirinho bom..." mas quando um daqueles meninozinhos cagava no pátio, era "tira essa porcaria do caminho". Mudavam só de forma, mas o cheiro era o mesmo.

Cheguei perto do doce de nariz tapado. Mamãe perguntou se estava sangrando. Disse "não, é a goiaba". Me chamou de doido, coisa que eu não gostava. Fiquei indignado e me veio uma vontade de jogar na cara dela dona Auxiliadora e os meninos no alto-mar. Não falei porque ia ser doido pela segunda vez.

Na hora do almoço, estava sem nenhuma fome. As pessoas comiam avidamente o seu feijãozinho-de-corda numa água bamba. Me deu náuseas, vontade de botar pra fora coisas que tinha até na cabeça. Saí correndo. Uma carreira de nunca mais voltar atrás. Parei cansado, pensando onde estava meu pai. Seria bom se ele viesse me buscar. Nunca mais apareceu.

Fiquei zanzando um tempão sem ter para onde ir. O jeito era voltar para aquele mundo de fumaça fedorenta. E, com o sol se escondendo, topei com as calçadas cheias de mulheres costurando, aproveitando a última luz. Parecia que não estavam querendo mais entrar em suas casas. Nem para dormir.

Escuro completo. Sem um com licença, boa-noite, até amanhã, senti tudo se esvaziando à minha volta. Uma sensação de falta de fósforos diante do inesperado. Sabia que estava só diante da noite. Esperei o vento passar pelas nove horas. Deve ter ido soprar em melhores lugares. Peguei sono firme até o calor da madrugada me envolver com a sua fina membrana. Estava isolado para sempre daquele mundo cheio de correrias para piques e linhas demarcadas. Minha mãe não apareceu hora nenhuma. Nem pra saber onde eu estava dormindo. Meu irmão lá no quarto esperando a hora de ser enterrado não sei como. Não vejo crianças nem gente grande botar a cabeça nas janelas. Se o vento voltasse agora tangeria o cheirinho de defunto e talvez se apressassem em fazer o seu enterro. Meus colegas, a estas horas, já devem ter passado para algum transatlântico fantástico. O barco em que partiram era muito frágil para agüentar o rojão do mar. As mães deles nem sabem ainda que perderam de uma vez os filhinhos queridos. Quanto à minha, pouco sei. Começo a sentir cheiro de goiaba.

(1974)

ESTA OBRA, COMPOSTA PELO ESTÚDIO O.L.M. EM GARAMOND, TEVE SEUS FILMES GERADOS NO BUREAU 34 E FOI IMPRESSA PELA GEOGRÁFICA EM OFF-SET SOBRE PAPEL PÓLEN SOFT DA COMPANHIA SUZANO PARA A EDITORA SCHWARCZ EM SETEMBRO DE 1999.